《红楼梦》人物心理分析教你提升人际交往的能力

王云玲 著

中国商业出版社

图书在版编目（CIP）数据

《红楼梦》人物心理分析教你提升人际交往的能力 / 王云玲著 . -- 北京 : 中国商业出版社 , 2020.12

ISBN 978-7-5208-1500-0

Ⅰ . ①红… Ⅱ . ①王… Ⅲ . ①《红楼梦》人物 – 人物研究②心理交往 – 社会心理学 – 通俗读物 Ⅳ . ① I207.411 ② C912.11-49

中国版本图书馆 CIP 数据核字（2020）第 254248 号

责任编辑：刘加莹　武维胜

中国商业出版社出版发行

010—63180647　www.c-cbook.com

（100053　北京广安门内报国寺 1 号）

新华书店经销

北京亚吉飞数码科技有限公司印刷

*　*　*　*　*

787 毫米 ×1092 毫米　16 开　11.75 印张　152 千字

2021 年 8 月第 1 版　2021 年 8 月第 1 次印刷

定价：62.00 元

*　*　*　*

（如有印装质量问题可更换）

序 言

提到《红楼梦》很多读者自然就会想到宝黛爱情,《红楼梦》中描写的宝黛爱情是在复杂的人际关系中铺陈开来,一点一点从初识时的喜悦,到深入了解后的三观相合,两情相悦;再通过不断地试探,反复比较之后到后面的专一和深情。《红楼梦》中对爱情的描写告诉读者爱情不是狭隘自私的,而是建立在人间大爱基础上的,这样的爱情才会开出繁花与硕果。围绕着宝黛爱情这一主线作者还描写了众多人物的亲情与友情,书中涉及人物数量之多,且每一个人物从行为到语言刻画之细腻,内在和外在的高度统一也是超越其他文学著作的。

笔者认为《红楼梦》可能是作者自传式的忏悔之书,因为自己没有办法继承家业并发扬光大,不能让他喜欢的人、亲近的人、陪伴他成长的人都有一个好的归宿,可以说《红楼梦》整篇都充斥着“悲忏言,辛酸泪”。曹雪芹绝不是为了功名利禄才去写作,这是他的忏悔滴泪成书。尼采说:“一切文学作品,我只爱用血和泪写成的。”

曹雪芹出生在一个豪门世族,所处的环境是任何一个普通读者都不能想象的,所以,他描写的东西不是与他有相同背景的人是不能真正体会的。《红楼梦》开篇作者赋予灵性的石头,是女娲补天遗留于世经过锻造的石头,它的内在品格相比其他天然石头已发生了变化,就像富贵的家族曾带给他生命的启蒙与智慧的开启,书中第五回宝玉梦游太虚幻境时,写道:“那仙姑知他天分高明，性情颖慧"[①]（《脂砚斋重评石头记》第五回第三十八页）。所以宝玉很聪明，他的思想已经超越他所处的时代，看到了更为深远的东西，也深深地为生活的时代不能为更多人提供实现自我价值的平台和通道而感到哀叹。著名学者梅新林先生说《红楼梦》是一首挽歌，这首挽歌共分三个层次。

第一层次：青春与生命挽歌，主要是写幻灭与悲凉。

第二层次：贵族家庭挽歌。

第三层次：凡世生活挽歌。

我们应该如何阅读《红楼梦》呢？笔者的经验就是让自己穿越到两百多年前的清代，带着现在的人生体验，回到作者所生活的那个时代，想象一下我们会看到什么，听到什么，会发生哪些让我们惊喜、赞叹、悲伤、无奈、愤懑的事情。或许只有活过所以才懂得活着不易，心碎过所以才懂得放下，经历过痛苦所以才懂得悲悯。只有这样或许我们才能明白，曹雪芹透过一个家族的幻灭触及到了社会的本质，作者想建立一个像大观园那样的社会存在空间，所有的生命都能在自由、诗意的情境中尽情地绽放，每一个人都可以做自己。在今天看来，这样的思想是超越阶级、超越时代的。

《红楼梦》共涉及人物九百多（976）个，涉及有名有姓的人物七百多（730）个，对于人物的塑造都是立体的，作者的伟大之处在于他没有对人物的好坏做出自己的褒贬，很生活化地把每一个人置于他所在的那个时空背景下，让读者去看、去想、去喜欢、去讨厌。每一个人有什么样优点的同时他也具备什么样的缺点，在这一方面作者和晚他一百多年的西方心理学之父弗洛伊德一样触及了人性的内在。从人性的视角去看，《红楼梦》又是一本心理学著作。

《红楼梦》作品中作者塑造了贾宝玉这一角色，原本是大荒山无稽崖上的一块顽石，但他不是普通的顽石，是女娲补天炼就的

① 《脂砚斋重评石头记》第五回第三八页。本书对红楼梦的引用，皆以《脂砚斋重评石头记》版本为准。

三万六千五百零一块当中的那个零一块，是已经过锻造且已通灵的石头，后来在一僧一道的协助下幻化为人间之玉，历经红尘之后复回归空境之石。顽石指向天然无为，是真实，是空；美玉指向人为欲求，是幻象，是色。它重点描写和追问的问题关键在：一个顽石在染化人欲感情后，幻化入世的贾宝玉，在降临人世后，他来到这个世界的目的是什么？他存在的具体意义是什么？他存在的这个意义能否得到人的认识和认可？理想的生命诗与远方是否可能存在？什么才是宇宙的本质？是空？或是色吗？处在大千世界，万物和我们应该追求什么？该珍惜什么呢？所有这些问题一直是永恒的哲学问题。从《红楼梦》描述的角度，儒家所追求的是内圣外王、格物成人，主要把仁义作为立人之本，把礼仪作为做人的典范。《红楼梦》的情感，在于对儒释道哲学观点的融合，在反思之中以情感的挺立，描绘了新的生命高度。立意新颖，去弊图新，以情悟道，寓道于情。以现实情感为出发点，一往情深，经由情感的提升和确立，重新回归到生活世界中。生命世界通过情感的充盈，从而弥补了生命的虚无，又去除了外在礼制对人性的束缚。通过情感与心灵双向同时切入，去重新开启一种既包含纯粹生命肉体的价值，又具有某种人性终极本质的生存方式，通过本体与感性生存方式的双重属性，既确认了纯粹的生命肉体之价值，又实现了从有情向无情的蜕变和升华，将情感确立为人的本源和人类终极追求目标。

《红楼梦》情感立意的确立，既是从形而上的层面赋予了人类世界存在的意义，同时又将形而上与形而下贯通，由情悟道，而道终究是人的终极追求，人的现实生活世界和存在意义就在于情的澄明。所以，《红楼梦》的意义就在于它触及了人存在的本质的探究。人生是无常、是二面的，乐极生悲，人非物换；黄粱一梦，万境绝空。如何在这样的最终的真实中寻觅人生的意义，那就是要在人与人之间情感的链接中，最大限度挖掘个人的心理潜能，实现自我价值，这就是本书带给我们最宝贵的人生财富吧！

目　录

第一章 《红楼梦》的爱情世界——红楼梦的爱情观

人民文学1958年出版的鲁迅《中国小说史略》写道:“昵而近之,恐拂其意”。“昵而近之”四个字非常形象地指出那种多少带有一些性爱成分的情感。阅读红楼梦时读者最大的感受就是会觉得贾宝玉非常“多情”,“见到女儿就想亲近”。但是贾宝玉的这种多情,不是肉欲的占有,也不是朝三暮四式的“多情”,作为古典文学作品中,成功塑造的一个经典人物形象,其博爱背后还突出了对所有青春女性的一个“敬”字！贾宝玉作为男尊女卑的古代社会的贵族家庭的公子哥,他看到家族内外诸多男性人性中丑陋的一面,因权利、金钱导致过度纵欲而产生的人性的极度扭曲。而处于社会弱势群体的青春女性还要依附于这些贵族男人或男人的家庭而存活,所以她们生存环境非常恶劣。透过这些女性,作者发现了她们内心的美好、善良、纯真,这些女性曾带给他爱的感受和对的美的欣赏,这些出现在生命中的爱与美,在他孤独的成长道路上曾经带给他无限的心理慰藉。在她们的陪伴下作者成长为一个内心极具博爱精神的人,他不单对身边的那些美丽、清纯的女性爱之、敬之,同时也爱这世间一切美好的事物,所以他能穿越世俗看到每一个所敬之人的悲剧命运,关注到每一个人的悲欢离合,这种感受带给贾宝玉的心理体验就是博爱而心劳。看到像花一样美好的女子却身处恶劣的生存环境之中,贾宝玉想帮助她们,但面对所处时代男尊女卑的社会现状,贾宝玉所能做的努力非常有限,他甚至产生了习得性无助——富贵公子哥般无所事事,但越是这样心也会越累。这样的“爱博而心劳”,比所爱者本身还要心累，还要忧虑深远。面对着被自己视作珍宝的女子们一个个逐渐离自己而去的悲惨命运，随着希望的一次次落空，带来的是生命的幻灭，看破红尘，撒手人寰，出家或许是那个时代宝玉唯一的选择。

《红楼梦》乍看是一部爱情小说，书中前半部宝钗黛爱情一直贯穿其中，关于爱情作者确实把自己的爱情观通过人物的描写、情节的设置表达得淋漓尽致，有时候只是透过寥寥数言来传递，所以很多红学家们在研读红楼梦的过程中发现所存作品中竟无一字是废话，所以称它为经典一点也不以为过。因此红楼梦对爱情的描述，或者说透过爱情的小视角，我们还可以了解到关于远比爱情更深远的“大观精神”。关于大观精神我们后面章节再予以详叙，接下来我们透过文本来了解一下作者是如何看待爱情的。

爱情是人世间最美好的情感，古今中外描写爱情的诗篇数不尽数，源于爱情的复杂性及带给人们深刻的情感体验，从“我本将心向明月，奈何明月照沟渠”的无奈，到“执手相看泪眼，竟无语凝噎”的深深依恋。爱情的广度与深度，在不同的时间与空间随着红楼的演绎一次次呈现在读者心中。总结来说，作者在《红楼梦》中的爱情主要描写为以下几种。

第一种：一见钟情式

“蓦然回首，那人却在灯火阑珊处。”这种爱情的主要特点在于强度和速度。具体来说包括以下几方面。

（1）偶然型一见钟情。在全书第一回，贾雨村应邀来到甄士隐家饮酒，中途士隐有事出去，雨村独自等候时有一段描写：“雨村见他回了头，便自为这女子心中有意于他，便狂喜不尽，自为此女子必是个巨眼英雄，风尘中之知己也。”此后便时刻放在心上。

在第二回描写待贾雨村被提拔成太爷时，就开始向甄家娘子提出要求把娇杏作二房迎娶。“却说娇杏这丫鬟，便是那年回顾雨村者。因偶然一顾,便弄出这段事来,亦是自己意料不到之奇缘……谁想他命运两济……不承望自到雨村身边,只一年便生了一子,又半载,雨村嫡妻忽染疾下世,雨村便将他扶册作正室夫人了。正是:偶因一着错……便为人上人。"

很多的爱情就是源于这样的"只是多看了你一眼,怦然心动之后,便再也无法忘记你的容颜"。贾雨村和娇杏的爱情虽是喜剧收尾,但透过偶因一著错,变为人上人的"偶"字,偶然的错里夹杂了太多的不确定因素与偶然成分,可看出其中的风险比例还是蛮高的。高风险有时也意味着高的失败率——靠不住。所以作者给甄士隐家的丫鬟取名为"娇杏"意及"侥幸"也,生活确实会有人得到这样的偶然,就像买彩票中大奖一样,得到命运的垂青实属侥幸,得不到这份"侥幸"才是生活的常态。

(2)利他型一见钟情。全书第二次描写一见钟情式的爱情是通过一个被打死的小乡宦的儿子描述的:他"名唤冯渊……自幼父母早亡,又无兄弟,只他一个人守着些薄产过日子。长到十八九岁上,酷爱男风,最厌女子……这也是前生冤孽,可巧……遇见这拐子卖丫头,他便一眼看上了这丫头,立意买来做妾,立誓再不交结男子……也不再娶第二个了……所以三日后方过门。谁晓这拐子又偷卖与薛家……他意欲卷了两家的银子,再逃往他省。谁知又不曾走脱,两家拿住,打了个臭死,都不肯收银,只要领人。那薛家公子岂是让人的,便喝着手下人一打,将冯公子打了个稀烂……抬回家去三日死了"。

冯渊因为对甄英莲一见钟情,结果付出了自己的生命。在一见钟情之后,特别是想要彻底改变自身本质的时候,这是一个不祥的征兆,也是一件非常危险的事情。因为每一个人都有一个核心自我,这个核心自我决定了自我的独特性和我之所以是我,人在自我成长的道路上需要不断地完善自己,但是不能够完全改变自我,如果完全改变自我就意味着对以前自我的推翻,从而走向了一条完全相反的道路,而这种完全相反的道路就是脱离开了原本真实的自我,就好比人格的形成是由各种复杂因素构成的,包括气质、性格、兴趣、能力等，心理学有关人格研究得出结论告诉我们：一个人成年以后不可能完全改变其人格，能够调整的部分最多占到一半，一个人完全改变意味着脱离原来轨道上的自我，一旦在脱序脱轨的情况下运行时，就会进入一种完全不可知的状态，就会把自己带入到一个高风险的境地。建立在完全改变自我基础上去追求所谓完美的自我爱情，它基本不可能也不会得到完满的结果，爱情本身是不可能束之高阁，处于真空状态的，它只有回归到现实社会，回归到复杂的社会人际关系的牵绊中，以及回归到整个社会生态脉络中，才能有生命力。这种利他型的一见钟情，因为爱得没有了自我，注定会因追求爱情而导致自我的毁灭。

（3）一厢情愿型一见钟情。关于一厢情愿的描写在文本第六十六回有这样的描述：

“那尤三姐在房明明听见。好容易等了他来，今忽见反悔，便知他在贾府中得了消息，自然是嫌自己淫奔无耻之流，不屑为妻。今若容他出去和贾琏说退亲，料那贾琏必无法可处，自己岂不无趣。一听贾琏要同他出去，连忙摘下剑来，将一股雌锋隐在肘内，出来便说：‘你们不必出去再议，还你的定礼。’一面泪如雨下，左手将剑并鞘送与湘莲，右手回肘只往项上一横。可怜‘揉碎桃花红满地，玉山倾倒再难扶’，芳灵蕙性，渺渺冥冥，不知那边去了。”

柳湘莲是尤三姐几年前在姥姥家看戏，一眼便喜欢上了从此念念不忘，当尤二姐要给她说亲时她便说非柳公子不嫁，机缘巧合在贾琏的撮合下柳湘莲尽管从没见过尤三姐但痛快地答应了这门婚事，事后无意中听到宝玉说起尤三姐曾经在宁国府住过些时日后，说道：“这事不好，断乎做不得了。你们东府里除了那两个石头狮子干净，只怕连猫儿狗儿都不干净。我不做这剩王八”。于是他决定退亲，然后就有了上面的尤三姐，听闻心爱的人退亲之后，拿剑自刎的故事。尤三姐发生的故事，证明作为护花使者的宝玉很在乎女性的道德品行。同时也告诉我们人言可畏和洁身自好的重要性。

(4)一夜情式一见钟情。第十九回茗烟、万儿偷情:

贾宝玉因问:"那丫头十几岁了?"茗烟道:"大不过十六七岁了。"宝玉道:"连他的岁数也不问问,别的自然越发不知了。可见他白认得你了。可怜,可怜!"。这个例子是说明古时礼不下庶人的道理,意思是普通人所接受的礼仪教化,要比贵族要求低得多。这个茗烟连万儿的年龄都没问,又怎么可能会有意愿了解她的内心需求和心理特征,更不会去了解她生命中的艰难与痛苦、她的理想、她对未来生活的渴望等。所以说,他根本不关心这个人,又怎么能够说自己爱她呢?这些都不是,因为爱这个人,就是爱她的一切,甚至灵魂,而不会只是把她当作一个泄欲满足的工具。从另一角度,万儿自己也没有把爱情和情欲弄清楚,就这么轻易地献身,更能说明她只是一名无知的少女,不知道珍惜自己,把自己沦为一个非常廉价的泄欲工具。蒙批:"若知宝玉真性情,当留心此回……其于茗烟事何等怜惜……凡我众生掩卷自思,或于身心少有补益。"脂批:"作书者视女儿为珍贵之至,不知今时女儿可知。"什么是真正的爱呢?她应该是懂得珍惜对方、多为对方考虑,照顾对方,并为对方理想和更多的未来着想,因为他不舍得对方在现实生活中痛苦。如果连这些都做不到就不是真爱。这样的"爱",只能是一个充满着欲望,虚伪的爱情而已。《红楼梦》作者认为,即便不考虑现实生活礼仪教化,也必须了解爱情的真谛是什么,否则就是对爱情莫大的亵渎与伤害。纵观脂批中描写的女儿情况,也可以衍生到今天的有些女性身上,尽管在今天和过去不一样、男女平等、人人平等的新时代,也不排除有些女性事实上真的是在自我作践,却不自知。

通过以上关于一见钟情式爱情的描写,作者告诉我们真正的爱情和以下几个方面有关。

第一,恋爱与婚姻并不只是两个人的事情,它的发生,实际上是在具体的社会环境与人事环境中,而非真空中的一种特殊的人际关系的实践。

第二,不管时代如何变迁,对于婚姻,我们不要以为,它可以完全不顾道德的约束，只管她的美貌，或者是相处上的若干乐趣爱好就可以了，其实青年男女永远会在乎对方的道德水准。

第三，进入爱情之前要先学会自爱，懂得自己的珍贵，这样才能真的得到别人的怜惜与珍爱。

布鲁格的著作《西洋哲学辞典》指出：爱是心灵息息相通，是一个整体状态，重要的是应该把爱与人的纯本能的行动（即使是生化的行动）分开，不能混为一体，纯本能行动是以满足其嗜欲为目的的，从而把对方当作泄欲的工具。而爱是以肯定价值、创造价值为基础的，从而把自己转向深爱的对方。

纵观红楼梦，唯一以喜剧收场的一见钟情爱情，只有贾雨村和娇杏。然而娇杏其实只是侥幸而已，这种偶然因素的发生，是建立在机缘巧合的基础上的，所以有很多不确定的因素在里面。正因为这些不是理性的认知，更应该承担着更多不确定的风险，在这种的前提下，对婚恋的全身心的投入，实际上出错的概率是很大的，如果能够成就良缘，是上天怜爱与侥幸的结果，根本不是常态，得到了要格外珍惜才是。

第二种：日久生情式

两小无猜，青梅竹马的爱情无论从长度、深度、厚度都经得起时间的考验，在宝黛身上体现了作者对于美好爱情的期许。

第五回中描写："便是宝玉和黛玉二人之亲密友爱处，亦自较别个不同……日则同行同坐，夜则同息同止，真是言和意顺，略无参商。"二人自幼气味相投，随着年龄增长与见闻增长，此亲密友爱才逐渐化为男女之爱。（此处作者提到美好爱情的基础应该是亲密友爱）

第二十九回写道"及如今稍明时事，又看了那些邪书僻传，凡远亲近友之家所见的那些闺英闱秀，皆未有稍及林黛玉者，所以早存了一段心事，只不好说出来，故每每或喜或怒，变尽法子暗中试探。"

这种爱情是建立在渐进的、学习的、充分了解、充分认识、通过比较，懂得取舍的基础上，并不是一般建立在感性直觉，所谓的一见钟情，其感情性质在与时变化的过程中形成了非常牢固的基础，这种情感不会随着时间推移和阅历增加而轻易移情别恋。

第五十二回、六十三回、四十五回贾宝玉对林黛玉的关系问候体贴入微，问她晚上咳嗽几遍，夜里醒几次。药吃了没有，好些没有，一天会吃多少饭等生活细节。知道林妹妹身子弱会刻意让她坐在板壁上，并准备好靠垫让她坐得舒服些。

通过以上几回贾宝玉言语和行为的细节描写，作者告诉我们爱情的真谛并不仅仅只有花前月下，爱情更应该体现在日常点点滴滴生活琐事的问候与关心中。脂批写道：书中这些描写好笑、无味、扯淡至极，细细回味，则皆感沥血滴髓、至情与至深。

《红楼梦》的爱情观就像作者开篇提到的，之所以不同于以往的才子佳人小说，在于他把爱情看作是小爱，是包罗于大爱之中的。第五十四回透过贾母的一段话可以表现出来：贾母认为以前读过的关于才子佳人的书都是一个套路，小姐必定是出生在书香门第，父亲要么是当朝宰相要么是尚书，这小姐也是知书达理，相貌俊美，被视为掌上明珠，只不过是这些小姐但凡见了一个英俊的男子，便立刻把父母、诗书之礼抛之脑后，如果是这样还算什么佳人呢？男的满腹文章却到别人家里去做贼，那这样还算什么才子？就从这一点来说贾母就认为这些编书的人都是胡编乱造的，另外贾母还提到类似他们这样的大家庭，每个小姐上有教引奶妈，下有服侍丫鬟，不可能去做出格的事。所以这些编书的人编出的故事不符合现实逻辑。那么为什么会有人专门编写这样的故事出来呢，贾母认为：其一，有些人自己看了些邪书僻传，然后自己意淫出来一个红粉佳人，自得其乐；其二，贾母认为就是有些人见不得别人家里好，典型的羡慕嫉妒恨，所以专门编出一些故事去败坏人家。“所以我们从来不允许讲这些书的内容，丫头们也不应该懂得这样见不得人的话。”李、薛这二人都笑着说：“这正是大家的规矩，连我们家也没这些杂话给孩子们听见。”这段借由贾母口中说出的作者对于爱情的理解：爱情不只是荷尔蒙催动下的二人世界，它必然还要兼顾二人世界外的其他重要的人及个人不断成长的心理需求。所以宝黛爱情第四十五回，有这样一段文字：黛玉感念宝钗，羡他有母兄，一直到四更将阑，方渐渐地睡了。

第二十三回，宝黛桃花树下共读《西厢记》，宝玉笑着说："我就是个多愁多病的身，你就'倾国倾城'的貌。"林黛玉听了以后，立刻就恼了，指着贾宝玉道："你这该死的胡说！弄些淫词艳曲、混账话来欺负我。我要告诉舅舅、舅母去。"贾宝玉害了怕，着了急，忙向前拦住她说："好妹妹，千万饶我这一遭儿罢，要有心欺负你，我就变个大王八，等你做了'一品夫人'病老归西时，我就变个癞头鼋到你坟前驮一辈子碑去。"一下子就把黛玉逗笑了。第二十六回，黛玉在午睡，悄无人声，宝玉信步走入，一股暗香飘至鼻前。宝玉便把脸贴在纱窗上，往里面看，只听到里面一声细细地长叹道："每日家情，思睡昏昏。"宝玉在窗外笑道："为什么要每日'家情，思睡昏昏'？"一边说，一边掀取门帘进来了。林黛玉非常不好意思，红着脸，用袖子挡住了脸，翻过身，向床里装着睡着了。他们二人正在说话，紫鹃也跟着进来屋里。宝玉笑着说："紫鹃，倒碗你们的好茶我喝。"紫鹃回道："我们这那里有好的呢？要喝好的，要等袭人过来。"黛玉随口答道："别管他，你先帮我舀瓢水去。"紫鹃道："他是客，自然先沏了茶来再舀水去。"边说边倒茶去了。贾宝玉情不自禁地引用西厢记里面的词笑着说："'若共你多情小姐同鸳帐，怎舍得叠被铺床'？"林黛玉立刻不高兴、撂下脸来，说："二哥哥，你说什么？"宝玉笑着回答说："我什么也没说呀。"黛玉亦是开始哭着说："你越来越不尊重我了，在外面听到什么村故野趣，看过了什么烂七八糟的书，就来取笑我。我倒成了你爷们解闷的工具。"边哭边立刻下床向外走。贾宝玉立刻赌咒发誓安抚黛玉的情绪。

第三十二回，贾宝玉急急忙忙地穿好了衣服往外走出来，忽然看见林黛玉在前面好像一边走，一边擦拭眼泪，就急忙追上来，笑着问:“妹妹往那里去?怎么又哭了?又是谁得罪了你?”林黛玉强装笑着说:“好好的,我何曾哭了。”贾宝玉笑着回答:“你瞧瞧,眼睛上的泪珠儿未干,还撒谎呢。”边说着边上去动手帮她擦眼泪。林黛玉急忙向后退了几步,回答说:“你又要死了!干什么总是这样动手动脚的!”宝玉笑道:“说话忘了情,不觉的动了手,也就顾不得‘死活’。”林黛玉一听到宝玉说死活的,立刻就联想到了令他苦恼的薛宝钗还没完,又来了史湘云。说道:“不要说什么金呀,什么麒麟的,如果你真的死了那可怎么办。”这些话立刻把宝玉说急了:“你还说这些话,到底是诅咒我还是故意气我呢?”林黛玉忽然感觉到自己说错话了,忙笑着说:“你别着急,我原说错了。这有什么的,筋都暴起来,急得一脸汗。”一面说,一面禁不住近前伸手替他拭面上的汗……贾宝玉瞅了半天,方说道:“你放心”三个字……林黛玉听了怔了半天,方说道:“我有什么不放心的?我不明白这话。你倒说说怎么放心不放心?”宝玉叹了一口气,问道:“你果不明白这话?难道我素日在你身上的心都用错了?连你的意思都体贴不着,就难怪你天天为我生气了。”林黛玉道:“果然我不明白放心不放心的话。”宝玉点头叹道:“好妹妹,你别哄我。果然不明白这话,不但我素日之意白用了,且连你素日待我之意也都辜负了……你皆因总是不放心的缘故,才弄了一身病。但凡宽慰些……这病也不得一日重似一日。”林黛玉听了这话,如轰雷掣电,细细思之,竟比自己肺腑中掏出来的还觉恳切……竟有万句言语,满心要说,只是半个字也不能吐,却怔怔地望着他。此时宝玉心中也有万句言语,不知从哪一句上说起,却也怔怔地望着黛玉。两个人怔了半天,林黛玉只咳了一声,两眼不觉滚下泪来,回身便要走……宝玉忙上前拉住,说道:“好妹妹,且略站住,我说一句话再走。”林黛玉一面拭泪,一面将手推开,说道:“有什么可说的。你的话我早知道了!”口里说着,却头也不回竟去了。宝玉站着,只管发起呆来。这时袭人看天气炎热,寻宝玉送扇子。远远看见他俩在站着,后来黛玉走开了,只剩下了宝玉一个人。便走了过来和宝玉说话,谁知宝玉还停留在刚才的思绪里面，见有人和他说话还以为是林黛玉，就一把拉住她，说："好妹妹，我的这心事，从来也不敢说，今儿我大胆说出来，死也甘心！我为你也弄了一身的病在这里，又不敢告诉人，只好掩着。只等你的病好了，只怕我的病才得好呢。睡里梦里也忘不了你！"袭人哪里听过这样的话，早就把她吓得魂飞魄散。立刻把宝玉从痴迷中唤醒，宝玉回过神来看是袭人也羞得满面紫涨，抽了扇子，忙转身跑了。

这只是很典型的几件事情，类似事情其实还有很多，比如他们两个人从小一起吃饭，一起睡觉，再比如贾母比喻他们是两人的小冤家，再如王熙凤、李纨等拿两个人开的玩笑，再如他们两个经常睡一张床，在一起聊天等。这些事情，几乎都是有违封建礼法礼教的，这就是黛玉所忧虑的。原因如下：

第一，因为在宝黛生活的时代，男女之间是无法自由恋爱的，男女之间是不相知的，授受不亲的，凡是婚姻大事都要遵从父母的命令，听从媒妁的规定，即便相知，产生真爱，也是不能说出来的，一旦说出来，别人知道，就是违反道德规范。

第二，贵族家庭对女孩子的管束和教育是非常严格的，女孩子一定要洁身自好，在道德层面不可以有任何"污点"，贵族小姐的清白和声誉比自身生命还要重要。声誉没了人生也就没有了任何希望。

第三，在红楼梦中不仅女子如此，连宝玉这样的公子哥也是如此，结交什么样的朋友，和谁在一起都要时时受到家长和外人的监督，一旦名声坏了，这像袭人和王夫人所说的一样，正所谓人言可畏，甚至死无葬身之地。

第四，也是最关键的，所有这些嫌疑，不仅表现在贾宝玉单方面的，其中也包含林黛玉的份儿，所有这些都是两人之间情不自禁的时候发生的。尽管总是林黛玉首先意识到问题的严重性，最早阻止和制止，但毕竟，林黛玉她也有一定的责任，有时，其实也是林黛玉在挑起。

第五，袭人其实就是王夫人派在宝玉身边监督和保护宝玉的，贾母最初是支持宝黛爱情的，但宝黛所受的教育告诉他们不能落入别人的话柄，一旦那样，不仅爱情不保，还会身败名裂。

所有这些压力、忧虑，都使得林黛玉总是时时处处在反思，她和贾宝玉相处时落下的种种嫌疑问题，偏偏贾宝玉本身是一个不管不顾的主，如何做才好啊？因此，在那个清秋之夜时，林黛玉开始担忧起自己的爱情，默默地流泪，总是夜不成寐。正所谓"求全之毁，不虞之隙"啊！试想如果她父母都健在的话，她还会有这样的担心和忧虑吗？这才是林黛玉总是感叹贾宝钗有母亲健在的真正原因。

所以《红楼梦》的爱情观是花前月下的浪漫，更是日常生活中的点滴问候，建立在特定时空环境下的大爱基础之上的。

除了宝黛爱情，关于日久生情式爱情在《红楼梦》第五十八回关于藕官、药官之间也有描写。

他们俩之间哪里是友谊？因为经常在戏曲里面假扮夫妻，二人竟然也假戏真做了起来，也把剧情中的体贴、温情带到了生活之中，在现实生活中谈起了恋爱。谁知药官早早死去了，藕官哭得死去活来，经常为他烧纸，至今不忘。

这段描写可谓至性至情，那什么是至情呢？作者透过描述藕官、药官爱情故事，以及贾宝玉、林黛玉爱情故事，来阐明自己对于爱情的理想。其实藕官、药官的情缘，主要来自假戏真做的结果。其实所谓的真情，并不是无缘无故，不知所起，更不是一种纯本能体现，是跟欲望相混淆的一种本能冲动。它实际上应该是在反复接触经验的逐渐累积过程中，通过自我反复学习而习得形成的。这个经过反复经验积累的情感升华，实际上具有更深远、更深厚的情感基础，也能够使其维持得更为长久。作者认为真正的爱情所在，它是必须要存在于寻常生活之中的，它是花前月下的浪漫，不是人们所说的轰轰烈烈的虚幻和缥缈，更不是烟花般的短暂而绚丽。

总之，爱情的价值并不在于它的强度大小（比如一见钟情是它的特征之一），也不在于做给别人看，不需要得到别人的赞叹，或者是仰望，而在于它是我们生命本身的价值，属于我们个人的事，需要我们在日常的生活中去品味它的点点滴滴，它的酸甜苦辣，它的幸福源泉。这个幸福的源泉，它需要细水长流，润物无声，像渗透到土壤当中的每一粒生命，给予它们真正的滋润，从而天长地久。

宝黛的爱情，就是随着年龄增长和见闻的加深，由开始的亲密友爱转化而来的男女之间的爱情。他们爱情转化的关键在于宝玉看了当时所谓的"邪书僻传"（现代社会中社会文化的引导和启发），并通过和其他女性的比较，发现黛玉的品格超过了他所有认识的大家闺秀。所以说爱情应该是从友爱开始的，开始于大家有日常共同生活的基础，在此基础上大家可以深入地、真实地了解对方。只有这样有深度、厚度的爱情，才可能耐得住现实的消磨、日常琐碎事情的耗损。

婚姻是人类一生的大情，而一生是非常漫长的过程（所谓一见钟情的特征之二是速度），会牵扯到非常多、不断重复无聊无味的闲淡事情，很容易打碎美好的爱情向往、对浪漫幻想的追求，没有深厚感情做基础，是支撑不了、承受不起时光打磨的。宝玉对黛玉细腻的关怀体现在事无巨细、无微不至的嘘寒问暖上，以至初读《红楼梦》时，都觉得婆婆妈妈、琐琐碎碎，然而这才是作者笔描绘中的至情挚爱，在平凡的日常生活中，它所酝酿的深邃而深长的情感，让人回思则沥血滴髓。

作者通过藕官爱上递补的蕊官，目的是表达情深意重，但无须生死相随，也不需要任何形式主义（如一世孤守等）来做评判。只需用自己的真挚心，作为最直接的见证，而不要忘记故人就够了。"十年生死两茫茫，不思量，自难忘"，不思量，自难忘，看似简单，其实作为平凡人的我们却很难做到，因为从人本质上讲是健忘的。随着时间推移，随着新的生活开始，新的人际互动承现，我们很容易忘记过往的事情。能够经历经年累月而不缺席的，不丢失、不忘记，永不磨灭的，这些才是作者看来的真情所在。"生命教给我们，爱并非存在于互相的凝视，而是两个人一起望向外在的同一个方向。”爱情、婚姻与性三者紧密联系在一起，关于情欲，作者认为，爱跟情欲是完全不同的两回事。所谓情欲，是通过身体的一种思考，所产生的对人的感性认识，它是自我认识的一个维度，跟现代科技的进步有关。那些反乌托邦论者，虽然急着重新肯定曾被忽略了的人性的价值，把所有信心完全寄托在性、爱、自私、幻想等人的基本情感基础上。但我们不能忘记了，那些追求社会秩序，想要控制自然的人，剔除不可预料的事情，也是人类本性的一种要求，它同样也是合理的，符合人性要求的。如果我们一直都片面地标榜生物本能中纵欲的一面，甚至将情欲上纲上线，其实就如同对自己的身体自主，情欲觉醒，爱情实践的追求和体现，使之变成一种“情欲霸权”的理论观点论述。实际上它的本质跟它所反对的，古时要求女性遵守贞节的礼仪教化，一样的僵化、极端，因为它们都干预了个人自主，是一种扭曲的价值观，是一种思想上的暴力，也是一种身体上的钳制。当我们把某一种价值观绝对化以后，从事实上就会落到暴力的霸权心态之中，因为它除了自己的主张之外，再也不会看到别的价值存在。更何况，情欲不完全是人的本能体现，更不是人类存在的价值本质，不能把它当作绝对化的个人觉醒的一种力量。另外，每一个人的爱情和欲望从事实上都是不一样的，我们不能够把它单一化、一体化来对待。爱情和欲望，是人类物质文化生活中所塑造出来的一种观念。“黄金易得，知己难求”说的就是这个道理。每个人作为凡夫俗子，都觉得黄金本就难得，知己更是需要侥幸获得。不要急于批评那些需要感官刺激的大众，因为对需要、对爱的察觉与感知，诸如《牡丹亭》中的春梦及《灰姑娘》中的蓝裙子等，或许这些才是我们需后天培养出来的一种观念。

《红楼梦》所崇尚的一种爱情观并不是一见钟情，建立在欲望基础上的。欲望是把对方物化，而爱情是尊重，爱情是欲望的前提。就像宝玉与黛玉，虽然是前缘既定，一见相熟，但是先建立在友情上，二人是伦理式的爱情，爱情是在伦理亲情之下的。其次贾宝玉是通过阅读《西厢记》等对男女之爱有了初步了解，使读者明白原来爱情也是要通过学习才知道的。最后作者也一再告诉我们宝黛爱情是建立在宝玉选择比较基础之上的,宝玉在通过龄官与贾蔷、藕官与药官等的比较之后选择了黛玉,因为他觉得黛玉对他的爱情才是更加纯粹和对等的。二人的关系是彼此关心,设身处地为对方着想,爱情是一种理性下的产物,这是对《牡丹亭》《西厢记》等的反讽。

弗洛姆在爱的艺术中指出:爱情如果离开了知识和理性,恐怕只是两人份的自私罢了。如何超越,就要望向一个没有边界的方向。就像杜甫在《茅屋为秋风所破歌》诗里面所写的:“安得广厦千万间,大庇天下寒士俱欢颜”宽广的人生观。以下我们通过具体人物心理分析《红楼梦》更加详细地了解不同阶层、不同人物性格特点对待爱情的模式。

第一节　林黛玉——孤单的仙草

林黛玉是红楼梦中女一号,位列十二金钗之首,对于人物的塑造及在全书的核心位置可以看出作者对其寄予的深情和情有独钟。书中林黛玉原本是生活在西方灵河岸上、三生石畔旁的一株滴水的仙草,因为赤霞宫神瑛侍者日日用甘露来浇灌,受到细微照顾的绛珠仙草得以久延岁月。后来,又因为仙草接受到了天地日月的精华和雨露滋润养育,于是脱离了草胎木质,转变成人的形状,但它仅仅修炼成为一个少女的身体形状,每天遨游在远离厌恨的天外,饥饿的时候,就吃蜜青果作为饭膳,渴的时候,就喝充满忧的海水作为汤。只是因为还没有回报被灌溉的恩德,所以在她五脏六腑就产生、郁结了一段缠绵不尽的意向。正赶上这几天神瑛侍者动了凡心,偶尔非常强烈,趁着现在昌明的、太平的当朝世界,想要下凡塑造经历虚幻的姻缘。因此,绛珠仙子道:“他是甘露之惠,我并无此水可还。他既下世为人,我也去下世为人,但把我一生的眼泪还他,也偿还得过他了。”我每每读到此段,就会想到作者认为有时爱情的发生只能借助超越界或许才可以讲清吧。

人世间的情大都因施而起，因还而终，因果循环，生生不息。所以通篇《红楼梦》中林黛玉对宝哥哥的情都伴随着泪水，最后逐渐干涸，泪尽而亡，或许作者通过自身的亲身经历想告诉我们真正的爱情，因为爱的执着往往会伴随着泪水、迷茫和痛苦。“日日思君不见君，共饮长江水。此水几时休，此恨何时已？”一首古诗道出了多少恋人的相思之苦。

因为一个“还”字而降临人间的林黛玉，仙界的身份意味着她身上与生俱来、不食人间烟火的部分，这一部分也恰恰是她真性情的展现，是她灵魂的核心，也就是心理学所讲的真自我。为配合仙界的身份，作者安排了她凡间的出身：父亲林如海是前面科举考试的探花，被提拔升迁到兰台寺大夫，后被皇帝钦点出任巡盐御史。母亲贾敏是贾母最小的女儿，未出嫁时正赶上贾府最鼎盛之时，她在家的尊贵连王夫人都极其羡慕。林家虽是富贵之家，却亦是书香门第，林黛玉曾经有个弟弟，养到三岁的时候得病死了。所以从那以后父母对她更加疼爱，视如珍宝，而且她长得既清秀，又聪明，便教她读书习字，假充养子之意。贾雨村也是因为做过林黛玉的家庭教师而攀上贾府这棵大树。从小像男孩一样教育，可见林黛玉读过不少书，包括后面林如海去世后，林黛玉奔丧回来，书中重点描写林黛玉带回很多书，这也是林黛玉才情过人的原因，后面刘姥姥进大观园时来到潇湘馆，满眼望去也都是书，以至于刘姥姥认为自己进入了哪位哥儿的房间，书中这样的铺垫，作者大概是想告诉读者成为一个有灵魂、有思想的人可能是和读书密不可分的。一个“还”字，就让这样冰清玉洁的女孩子一辈子为爱而生，为爱而活，爱得认真，爱得执着。林黛玉的存在就像天使一样，唤醒我们心中的爱，尤其是对自由爱情的向往和追求，这也是无数读者喜爱林妹妹的原因吧。然而爱情注定不是两个人的事，尤其是在皇权统治下有着严格阶级地位，尊卑有别的清朝，个人是没有婚姻自由的，尤其是女性。所以宝黛爱情也注定是悲剧，有情人不能终成眷属，或许这才是很多读者为之感叹、惋惜，争相传抄，使这部经典著作得以传世的原因之一吧。

一、林黛玉性格及行为描写

林黛玉祖籍苏州，后随父亲移居扬州，长得清秀脱俗，《红楼梦》第三回贾宝玉第一次见到林黛玉，甲戌眉批：又从宝玉目中细写黛玉，直画一美人图，与众各别“两弯似蹙非蹙罥烟眉”；甲戌侧批：奇眉妙眉，奇想妙想。一双似喜非喜含露目；甲戌侧批：奇目妙目，奇想妙想。“态生两靥之愁，娇袭一身之病。泪光点点，娇喘微微。闲静时如姣花照水，行动处似弱柳扶风……心较比干多一窍……病如西子胜三分。”这是佩兰宝玉初次相识眼中所见、心中所想的林黛玉，其实除此之外，她还有多方面的才能：博览群书，学识渊博。她爱书，父亲去世后送别父亲随贾琏回到贾府的林黛玉只是带回了很多书，刘姥姥二进荣国府时进到黛玉的屋子也是满眼所见尽是书。第三回林黛玉进贾府贾母问起黛玉念何书，黛玉道刚读了《四书》，其实除了《四书》，林黛玉还和贾宝玉共读《西厢记》等，对于李、杜、王、孟等人的作品，颇有自己的研究和体会，她说她不太喜欢李义山的作品，读起来太晦涩。她识谱善鼓琴。在黛玉的身上我仿佛看到了才女谢道韫、李清照、薛涛、贺双卿等的某些特点。

第三回，林黛玉刚刚进贾府时处处留意，事事小心，可以看出她天生的敏感气质，人又过于聪慧，所以才会有黛玉葬花的描写，只有极度关注生活细节的人才会把生活过得如此具有诗意，但也正是这样的性格特点，让她的心不能承受生活之重，最后香消玉殒，留下千古遗愿。可惜了，红颜薄命。

通过《红楼梦》前八十回的不同章回对林黛玉的言语及行为描写来了解林黛玉的人物形象塑造。

第三回：林黛玉自母亲在世时就常常听母亲讲过自己的外

祖母家，等到贾府的车船丫鬟婆子去接的时候，就格外关注发现他们的吃穿用度已经不凡，等她进到贾府以后，更是“处处留心，时时留意，很在乎他人的看法，从来不愿意轻易地多说一句话，多走一步路，只是恐怕被其他人耻笑而已”。第一次见到王熙凤的细致描写，第一次和众姐妹相见时因王夫人一下子想不起她和探春谁大谁小时，黛玉急忙告诉舅母说她属羊，第一次吃饭时对座位的详细观察和判断，第一次用膳时对他人的日常行为习惯的观察。贾母笑道：“你舅母你嫂子们不在这里吃饭。你是客，原应如此坐的。”林黛玉这才告了座，坐下来了。随时随地地入乡随俗。“今黛玉见了这里许多事情不合家中之式，不得不随的，少不得一一改过来……因而接了茶。早见人又捧过漱盂来，黛玉也照样漱了口。”黛玉明明已经读过《四书》了，可是当黛玉得知贾母对待自己小姐们对读书的态度的时候，宝玉再问她读过什么书时黛玉便说自己没读过什么书，只上过一年学。宝玉又道：“妹妹你的名是哪两个字？”黛玉便告诉了他。宝玉又问表字。黛玉道：“没有。”

以上描写可以看出刚入贾府时的黛玉是多么的懂事、体贴、处处为别人着想、善解人意，让人怜惜，让人心疼。

以上是刚入贾府时的黛玉，但透过文本我们发现黛玉随着对环境的适应和自身的成长她的性格也在不断地变化着。下面是关于文本中提到的关于林黛玉言语及行为部分的描写。

第五回：孤高自许，目无下尘；与宝玉之间言和意顺，略无参商。

第七回：当得知周瑞家给别人都送完后才给自己送来最后两枝宫花时，黛玉冷笑说道：“我就知道，别人不挑剩下的也不给我。”周瑞家听了，一声儿不言语。

第八回：告诉宝玉不听奶妈的话：“别理那老货，咱们只管乐。”说出一句话来，比刀子还尖。

第十六回：以那臭男人拿过的东西，换回宝玉用心转赠的鹡鸰香串。

第十七回：做事只是看我高兴罢了。

第十八回：大观园作诗时本想压倒众人，又因未得展其抱负，自是不快。

第二十回：湘云说："你见一个打趣一个，专挑人的不好。"

第二十一回：宝玉劝说道："谁敢戏弄你！你不打趣他，他焉敢说你。"

第二十二回：本性懒与人共。

第二十二回：湘云批评黛玉道"小性儿、行动爱恼人的人"。

第二十三回：当听到宝玉说出《西厢记》的比喻后大为嗔怒。

第二十五回：宝玉脸上被烧着灯油烫伤，脸上出了一溜燎泡，因黛玉癖性喜洁，怕她嫌脏而不叫她瞧，黛玉亦知自己有此癖性。

第二十五回：王熙凤开玩笑说要黛玉给她们家做媳妇后，被李纨笑赞（诙谐），林黛玉立刻反驳道："这是贫嘴贱舌讨人厌恶罢了。"说着还啐了一口。

第二十五回：林黛玉被宝钗嘲笑后，红了脸啐了一口，一面说，一面摔帘子出去了。

第二十六回：分钱时顺便抓两把给凑巧送茶叶来的丫头，被视为意外的好造化。

第二十七回：宝钗寻思"林黛玉素习猜忌，好弄小性儿"。

第二十七回：小红谓"嘴里又爱刻薄人，心里又细"。

第二十九回：拈酸歪派宝玉，掀起砸玉、铰穗的重大事件。

第三十回：紫鹃道"宝黛争执因黛玉小性儿，常歪派宝玉所至"。

第三十一回：说道黛玉的天性喜散不喜聚，她会联想到花开就有花落，人聚就有人散。

第三十二回：今年半年，还没见拿针线。且因贾母怕她劳碌了（谁还烦他做）。

第三十二回：当听到宝玉说出因不放心三个字，才弄了一身病的时候，倍感宝玉对她深深地理解而感动不已，达到了心有灵犀的默契和心照不宣。

第三十四回：刻薄无精打采、眼上带泪的宝钗。

第三十六回：宝玉敬黛玉因她不督促他去做自己不愿做的事。

第三十六回：湘云知道林黛玉不让人。

第三十七回：探春云：你别忙中使巧话来骂人。

第四十回：贾母笑道：我的这三丫头却好，只有两个玉儿可恶。因为他们都不喜欢自己不喜欢的人到他们屋子来坐。

第四十二回：嘲笑惜春，嗔赖李纨，讥讽刘姥姥，打趣宝钗。

第四十二回：心悦诚服宝钗对所规劝女子的无才为德之箴言。

第四十二回：向宝钗告饶求情，轻言自己不知轻重，且自负。

第四十五回：粗忽招待礼数，众人也不苛刻责备。

第四十五回：自己因渔翁渔婆的联想而脸红，透露与宝玉结偶的秘密心理。

第四十五回：刻意招待送燕窝来的婆子，并理解其聚赌之夜局活动而打赏几百钱，开始能体恤下人。

第四十五回：雨夜独处时，想到与宝玉关系虽好，但终究是两个独特的人。

第四十八回：见到香菱也来园子住的时候很是欢喜。

第四十八回：自认作诗是玩而不是认真，且那些作品并不成诗。

第四十九回：宝钗与宝琴、李纨与李纹、李绮等各家亲戚团圆于贾府，而黛玉见了，先是欢喜，接着与初来乍到的薛宝琴亲密非常，以姊妹相称。

第四十九回：宝玉对钗黛二人竟更比他人好十倍的情状感到心中闷闷不乐，并觉得自己反落了单。

第五十一回：提出大家不去看不应该去看的《西厢记》《牡丹亭》。

第五十二回：宝钗、宝琴与邢岫烟都来到潇湘馆一起围坐在熏笼上叙家常。

第五十二回：明知赵姨娘至潇湘馆探望乃是顺路人情，仍以赔笑让坐、忙命倒茶之虚礼相周旋。

第五十七回：紫鹃以防嫌之理对宝玉说："一年大二年小的……姑娘常常吩咐我们，不叫和你说笑。"

第五十七回：欲认薛姨妈做娘，在薛姨妈生日时备了两包针线送去贺寿。

第五十八回：薛姨妈挪至潇湘馆和黛玉同住，黛玉便与宝钗、宝琴姊妹相称，俨似同胞共出。

第五十九回：为了和大家凑热闹，连饭也端了宝钗那里去吃。

第六十二回：黛玉担心言语伤害到彩云，忙行令划拳岔开话题。

第六十二回：认同探春治理大观园时兴利除弊的务实做法，造成与宝玉初步而隐微的观念分歧。

第六十二回：直接就宝钗饮过的杯子喝剩茶，不以为意。

第六十四回：嫌宝玉将自己的诗作写给人看去。

第六十七回：认为宝钗是自家姊妹，因此不必特意道谢。

第七十回：视读书功课之外的诗社诸事为外事。

第七十回：赞美湘云的柳絮词新鲜有趣，却自谦不能。

第七十回：黛玉重新起诗社，并担任社主，大家齐集潇湘馆。

第七十六回：在未明妙玉的究里前即谦抑自己的诗作，而请教妙玉或烧或改，并对妙玉的意欲续诗奉承道："我们的虽不好，亦可以带好了。"

第七十九回：林黛玉竟然一反过去的率直，极好地管理了自己的情绪，连忙含笑点头称妙，呈现昔时罕见的表里不一，接着还以一年大二年小的理由劝宝玉改掉脾气，做些峨冠礼服贺吊往还的正经事，使宝玉闷闷地转步，形成二玉之间价值判断上较严重的第二度分歧。第四十八回、五十回、五十七回、七十三回、七十六回描写林黛玉往往与他人异口同声或一体行动，伴随林黛玉人格的完善，林黛玉慢慢开始合众，她的社会兴趣逐渐展开。

透过上述有关林黛玉的描写，每一位读者心中都有了那么一位鲜活而生动的林黛玉、个性鲜明、口齿伶俐、尖酸刻薄，不会曲折回旋；又似晴雯，自视甚高，才华出众，目无他人；又深情执着似妙玉，生的娉娉婷婷，好像初出水的莲花，说不出那般娇艳长相美丽绝伦；还似清代小说《荡寇志》中的慧娘，纤弱多病、青春夭逝。林黛玉住的潇湘馆，名字取自“潇湘妃子”的古代传说，在传说中，舜帝有两个美丽妃子娥皇和女英，她们原本是尧帝的两个女儿，因钦佩舜的为人而嫁给了舜，当得知舜帝死去后，痛哭其夫，并且自投湘水自尽，因此成湘水女神，也叫湘妃。因为娥皇、女英哭泣，流血染红竹子，这是对舜深情的表现，而不是一般的多愁善感，更不是无缘无故地爱哭。细心的读者通过上面关于林黛玉言语与行为的描写摘录或许已发现四十五回以后林黛玉的言语和行为慢慢发生了转变，从孤傲到从众，从自我中心到理解他人、从尖牙利齿到与光同尘。林黛玉在慢慢变化，在不断成长……

二、林黛玉人物性格心理分析——从少女成长为女性

贾宝玉梦游太虚幻境时看到了正册、副册、又副册中的女性及最终命运。作者先交代了人物的命运，然后根据人物的性格及个性特征再加上人物所处的时空背景，通过情节的发展，每一个人都慢慢走向自己命运终点。

贾宝玉梦游太虚幻境时翻开正册第一个看到的诗词其中有一句是“堪怜咏絮才”说的是林黛玉。这也是晋代谢道韫的故事，有一天，天下鹅毛大雪，叔叔谢安，让大家对雪吟句：“白雪纷纷何所似？”道韫的哥哥答道：“撒盐空中差可拟。”谢道韫接着说：“未若柳絮因风起。”谢安一听颇为赞赏。

“玉带林中挂”一句说的也是林黛玉。玉带林反过来就是林黛玉。林黛玉为还泪而生，泪尽而死，除了虚幻的解释之外，回到现实生活中，作者透过林黛玉的成长背景描写，已经明确告知读者这样的成长环境必然会塑造出某种性格特征。从心理学的角度分析，一个人的人格形成是先天和后天相互作用所形成的。

关于林黛玉的性格及成因，文本中有这样的描写：

林黛玉住在潇湘馆，刘姥姥进大观园时通过贾母之口，知道她的住处比较狭窄。在《红楼梦》中有这样的描写：贾政走到潇

湘馆前的情景，首先映入眼帘的是粉红色的墙壁，里面种满了竹子，进到里面大家看到的是曲折的回廊，石子漫成的甬路，再往里走就是小小的一明两暗三间屋子，在里面的床几、椅案都是骑着地面打造好的，穿过里面的一个小门就到了后院，后院里面种着大株的梨花和芭蕉，墙下还有一细细清泉，泉旁有一尺宽的沟渠，绕阶沿屋角从前院的竹林下流出。

房屋是一个人的心理影像，作者通过房屋的格局来暗示人物人格的空间格局。狭窄的三开间的设计，反映林黛玉心理世界比较小，小到其生命的价值实现全都围绕着爱情来展开。房屋里窄说明包容性差，反映在人际互动中就会有些格格不入。

刘姥姥一干人在贾母的陪同下来到黛玉的房间看到窗下案上的笔墨纸砚，书架放着着满满的书，刘姥姥说道："这一定是哪位哥儿的书房吧。"贾母含着笑指着黛玉说："这是我外孙女儿的屋子。"说明林黛玉饱读诗书；抒情和性灵的书籍是一个人情感的双向慰藉。屋子一明两暗，一明预示读书不会让人流于世俗，心中始终有光明，两暗是说黛玉性格中天生的抑郁气质和后天环境中因父母双亡后孤身一人寄人篱下带来的内心自卑感。这都是作者的良苦用心之处。

对于自卑感的研究，个体心理学家阿德勒得出的结论是：生活中的每一个人都有自卑感，适度的自卑感是我们每一个人超越自我的根本动力。自卑感的存在是必然的，因为自卑感的存在会让个体产生不舒服的情感体验，为了摆脱这种不良情绪，个人需要发展出能产生自我优越感的行为——自我超越。但自卑感如果没有处理好，就会产生虚幻的自我满足，会陷入恶性循环，那么用来争取自己优越感的东西其价值往往得不到社会的认可。会成为自我发展的制约或人格的偏狭。林黛玉人格方面的偏执、狭窄主要表现在四十二、四十五两回中；主要动作表现如摔帘子、丢东西、啐人等事情。偏狭性格的人除林黛玉外还有王熙凤、晴雯。

刘姥姥二进荣国府，为使众人开心，配合王熙凤去取悦贾母逗众人开心。刘姥姥曾当众说过"老刘，老刘食量大如牛"，这在身体柔弱，饮食极其讲究的林黛玉看来，简直粗俗不堪，所以她用"母蝗虫"来比喻刘姥姥去嘲笑她，一般惯于嘲笑别人的人会有些共性的心理特点——心理上凌驾于他人之上、自恋和自我怜爱；运用精巧的熟练语言技巧，逃过人们道德的检查，以此侵犯别人权益，来谋取主宰式的快感。弗洛伊德说过：成熟的人会坦然接受自己的缺点，嘲笑自己。不成熟的人会嘲笑别人，嘲弄别人也是一种开玩笑，它处在一种无意识的状态，嘲笑别人的人往往会通过精彩的形象化的比喻，取得语言上的快感，其无意识是想用此来侵犯别人。

林黛玉的心理成因主要是受家庭环境的影响。

林黛玉出生在官宦世家，母亲是受过良好教养的贾母的女儿贾敏，父亲是博览群书的前科探花。家中只有一个弟弟幼年早折，从此她父母对她视如珍宝，把她当作男儿教育。所以林黛玉才会形成以自我为中心的、内心没有安全感的性格特征。5～15岁，成长过程中缺失了母亲、兄弟姐妹的陪伴，使其缺乏母亲的教导及兄弟姐妹相互扶持，可以说林黛玉从小就是很受宠的，容易形成自我主义的单边主义者。心理学家皮亚杰的自我主义（也称自我中心主义）就是指儿童的注意力，过分集中在自己的行为、观点上的现象。自我中心主义者通常都是站在自身的角度去看待周围的世界和处理事情，其基本原则称为"自我中心主义"。林黛玉的自我中心通过个体优越感进一步得到强化，个体优越感的来源与环境的纵容也有关系，有身居大观园金字塔尖的贾母，对林黛玉的骄纵和溺爱，人其实就是这样子的，贾母她所爱的，就是别人所爱的，比她爱这个人本身要付出更多的欢心。所以贾府上下为了讨好贾母，就要照顾好林黛玉本人。所以在贾府中，林黛玉是被当作是府里自己人的，即便是抄检大观园的时候，连潇湘馆都抄检了，薛宝钗的蘅芜苑都没有被抄检。这些都说明林黛玉孤高与任性是与她所处的环境相关的。林黛玉刚进贾府时，处处细心，很懂得察言观色，很有眼力，行权达变。林黛玉也很守规矩，在写母亲姓名的时候，故意少写几笔，甚至是缺笔，其实这是中国传统文化中的避讳手法,表示对母亲的尊敬。但因为贾母的宠爱,他人的纵容,林黛玉渐渐养成自我中心而不自知,从她对下人的态度可以看出——孤高自许,目无下尘。对宝玉的乳母:“别理老货”,“说出的话比刀子还尖”。掷回宝玉转赠的香串,行事往往“也只瞧我高兴罢了”,本性懒与人共,原不肯多语,摔帘子,啐了一口,打趣别人(史湘云),打趣李妈妈,蹬门槛,掷稿子,也不针织,讥宝钗,摔帘子而去等。但林黛玉从来不在背后讲别人的坏话,晴雯也是。林黛玉在错发脾气的时候也会懊悔,脂批:不然就是一般庸俗女子。林黛玉也有青春少女的活泼,讲笑话、歪派人等。

然而林黛玉的可爱之处还在于她人格的不断成长。

林黛玉的变化发生在15岁,因为母亲去世得较早,又没有其他兄弟姊妹陪伴,林黛玉没有办法获取来自母亲的言传身教。所幸林黛玉是聪慧的,当现实中不断遇到挫折后她也在不断思考。“行事不顺,反求诸已”随着年龄的增长,儒家的思想也在逐渐影响着林黛玉,使得她的待人接物、言谈举止慢慢趋向薛宝钗(妇德教),第二十六回以后的林黛玉积极地打破自己的孤高、目无下尘,能够逐渐和身边人异口同声,彼此共识。其次还有对宝钗的劝解从内心深处表达感谢。

《红楼梦》前半部分的林黛玉是多愁善感的,四十五回之后林黛玉的性格大变,主要表现在以下几个方面。

(一)与人交往的改变

林黛玉的个人成长是由宝钗启蒙的,在《红楼梦》四十回,大家一起玩令牌令时,念了《西厢记》(宝钗当然并非为了收服,因为黛玉自己太聪慧)。鸳鸯道:“左边一个天。”黛玉道:“良辰美景奈何天。”宝钗听了,回头看着他。鸳鸯又道:“中间锦屏颜色俏。”黛玉道:“纱窗也没有红娘报。”鸳鸯道:“凑成篮子好采花。”黛玉道:“仙杖香桃芍药花。”宝钗看黛玉没有理会她,顾及黛玉面子,就没再说什么,事后单独给黛玉指出了那天她的失礼,因为在她们所处的时代大家没有婚恋自由,《西厢记》也被视为禁书,如果被人听出来,那后果不堪设想,何况如果发生在敏感的林妹妹身上将会如何?因此她对宝钗的劝告无比感激,视宝钗为知己,从此无话不谈。也令她自己本身性灵中的礼教成分被激发。于是从四十八回开始,林黛玉开始融入到了与大家的生活当中。香菱来住,她欢喜。在此之前,她是孤高、喜洁、嫌人脏,也不喜聚。

接着就有了四十九回,她对于大观园新来的少女都非常亲密,特别是宝琴。与薛姨妈建立了亲缘关系,这表明她扩大了自我交往的范围,是社会兴趣的展现,同时社会兴趣也是一种潜能。心理学家阿德勒指出:一个人要成为健全的人,必须保持建设性的姿态,与这个世界进行合作,从而获得一种社会兴趣,社会兴趣是与生俱来的与别人共同生活的需要、感情交流,以及对于未来的期望。

社会兴趣主要表现在平常或困难时一直处于帮助别人的准备状况;给予多余索取;对他人的思想、情感、经验有足够的理解与尊重。

此外,还有五十二回,薛家四人在潇湘馆团聚。五十九回,为了热闹而与宝钗等共食。六十七回,收宝钗的礼物,说自家姐妹不必见外。七十回,林黛玉为桃花社的社主,这表明她是愿意融入群体的。

林黛玉性格改变的关键体现在如何看待《西厢记》。林黛玉喜欢《西厢记》是它的辞藻华丽,如果她真的赞成崔莺莺,宝玉的类比不会令她大动肝火。这并非单纯的恼羞成怒,林黛玉其实是出于礼教,她感到被侮辱,又落泪,这并非简单的害羞,而是真正的礼教大事。

第二十七回,林黛玉引用《西厢记》"睡昏昏",宝玉就把她比作崔莺莺,林黛玉就撂下脸来,马上哭了,训斥了宝玉的不端。在当时的社会环境下,这是禁书,是不合法的,但是如果是在舞台上则可以表演,因为舞台欣赏的是唱腔与扮相,而非思想。薛宝琴作十首诗后的争执,林黛玉不爱听戏,却听了《游园惊梦》。

这些说明在林黛玉身上包含着礼教与性灵双重属性，她没有完全走入个性，相反是将自己的个性与礼教做了调和，她喜欢《西厢》的辞藻(未必是内容)，于是就辩护是因为听戏。这种辩护体现她背后必定考虑过如何应对这个问题，考虑过世俗的立场，同时也体现出对宝琴的爱护。

(二)洁癖的改变

洁癖改变的背后是为表达林黛玉与别人的亲密、体察与包容。

袭人递茶，与宝钗共饮，这就是关系的亲密。

探春要吃椒盐豆芽，黛玉之前是不给的，因为不关心，爱的背面不是恨，是漠不关心。从口角锋芒到自毁失言。从率性而为到虚礼周旋：第五十二回，处理赵姨娘的顺路人情，也体察宝玉与赵姨娘的关系，这是全书唯一的和谐处。第七十六回，妙玉责林黛玉作诗太诡谲，冷月葬花魂是诗谶，且命林黛玉念刚才写的诗句，林黛玉也从，“我也不敢唐突请教，请她来指教”，这与之前的大展其才相反。而且林黛玉主动赞妙玉的才华，显示与湘云的不同。对象也包含宝玉，第七十九回，劝宝玉去做那些正经事。对待宝玉也讲究隐藏感情，“我劝你把脾气改改罢”。而且这一段里宝玉意识到了与林黛玉的不同，所以忘了关心林黛玉。这就是成长速度变化所带来的分裂，还有对贾府命运前途的认知不同。宝黛爱情没善终，作者将这份爱情停留在了应该停留似乎又不应该停留的地方，林黛玉也因此早夭。

林黛玉的内心深处隐藏着深深的自卑感，这种自卑来感来自于寄人篱下与父母双亡，但她又并非是独特的那一个，如香菱、湘云、晴雯、惜春、探春等。当自卑感激发人解决问题时，就会使人产生成就感；然而当自卑感是固守于自我的某种情结时，它就产生畸变。她会保持自己有限的交往范围，想要获得一种虚假的满足感(作诗)，运用眼泪与抱怨把他人变为奴仆，眼泪其实是一种把他人变为奴仆、破坏合作的力量。

心理学家罗洛梅认为：过分的悲伤其实是一种沉溺，把过分的注意力放在自己身上，这其实也是一种发出求救讯号的表示。但从第四十九回之后，泪少的她或许和环境更加包容，不再争强好胜。

人格的完善——从女孩到成人，牵动着林黛玉的价值观、人格特质。

人一定要有一个成长过程，不要总把自己当作一个小女孩，随着时间推移，社会会逼迫你去承担应该承担的一切，如义务、责任、苦难、快乐等，所以衰老比死亡更可怕。在李白的诗中，从来没有涉及现实存在物的生命所必然面临的衰老问题；杜甫却是逼迫自己要去直面现实存在的所有真相，如眼花、走不动等，人生的每分每秒，不管是丑陋的，还是愉悦的，都是生命的一部分。作者则透过《红楼梦》来反映必然失落哀婉的青春，终将一去不复返。《红楼梦》就是成年礼之前的人生，伟大的作家都会处理这个问题，这意味着失落纯真。但是这个过程也并非完全是可怕的，也可以从中获得意义。

成人礼广泛存在于各种文明之中，表现为不同的仪式，只有通过这个仪式才能转变为一个符合社会要求的个体，否则可能会无法生存。

成人一般要从童稚经历分离直到再复合，在第二个阶段，孩童学会自我生存，最后与先前的社会重新成为一个整体，但是他自己的身份、与周围的人的关系都发生了本质的变化。在中国古代社会，男子的成人礼要通过佩戴冠冕等，女人则是改变妆容、发饰等，最后女性通过嫁人完全改变自己的身份。

林黛玉作为小女孩，她是正直的、真诚的，和晴雯一样，是一个正派的人，从不在背后说别人坏话；内心真诚是一个人人格变化的基础和动力来源。人格如果作为一种价值，那么必然是由后天修炼而成的，本身的个性并无任何特别之处。礼法与人情是交融互相作用的，二者互补缺陷。林黛玉从少女蜕变成女性是和宝钗的“破冰之旅”开始的，表现在第四十二回到四十五回。林黛玉是冰雪聪明之人，自从宝钗悄悄给她指出在公共场所失言说出

《西厢记》的情话后，林黛玉感受到宝钗对她的关心和照顾，从此开始对宝钗的态度大变，不再把宝钗列为情敌，而是看作是知己，撤去所有的伪装，开始用一颗真心对待，愿意听宝钗的规劝，也愿意向宝钗低头认错。且自承认"到底是姐姐，要是我，在不饶人的"，林黛玉在成长、在进步，林黛玉的人格也在逐渐完善。不管我们生活在任何时代，无论在任何文明之下，成长都是每个人必须面对的人生课题，因为人是有社会性的，他一定要进入到周围的社群团体之中；因为人是群体物种，个人的力量是微弱的要借助群体的力量才能更好地生存，也只有借助群体的力量个体才能实现生命价值的最大化。

人类在面对生命的成长问题时，一定有很多预先的安排与设计，尤其是成年礼这个方面，都一直很重视，它其实就是让一个人能够顺利地跟他所处的社会接轨，倘若这次接轨接不好，个体可能会承担非常严重的后果，这个严重的后果不仅会使他被这个社会所排挤、驱逐，甚至关乎他能否生存的问题。要想在这个社会上，找到存在价值与定位，就需个人的人格及内在都要得到顺利的发展。一般古时女性融入社会群体主要是通过结婚生子这种仪式来完成的。这种仪式共分以下几个阶段。

首先是分离：她个人必须从原先的生活之中分离出来。

其次是过渡期：通过转变和适用，在新的环境中进行内在和外在的转变，而且个人身份地位也会发生最戏剧性的变化。

最后是并入：个人以新的身份，新的角色转变，加入到新的团队中，形成新的成员个体，形成新的关系纽带。

三、林黛玉成长中性格的变化带给我们的启示与思考

（一）懂得反省与感激生命中的"贵人"

林黛玉是一个懂得自我反省的人、一个正派的人。但一个知道反省自己的人，也不见得知道自己的问题在哪里以及如何进行

正确的自我认知。有很多东西不是仅靠自我反省就能做到的，大多情况下要靠他人的纠正、点醒，但是大多数人指导的方式，从来只讲那些抽象的原则和规则，不能从实际具体的事情出发。有时当你在努力求告别人的情况下，还是没有人会告诉你，这时你就要想你的问题究竟出在哪里，因为所有的人都不愿意自寻麻烦，只有生活阅历才能教会你，没有人会告诉你，你的问题出在哪里？因为代价太大，不光得不到感谢，还会得罪你。

在现实中“不肯说”的人占到99%，而“不敢说”占比只有1%，恰恰这1%才是真正爱你的人，而且也是在不断纵容你的人。生活中那些真正对你好的人，才会告诉你，你的问题出在哪里，甚至有时不惜得罪你，也不希望你走更多的弯路。其实想想爱的反面，不是恨，而是漠不关心。林黛玉在生活瞬间发生的一切，使她产生了巨大的心理改变，正是这种改变，使她走出了潇湘馆，走到了外面的世界和人群中来，同时有了“母亲”和“姐姐”。

林黛玉的心理改变有以下几个方面。

首先的改变是：由孤独、隔绝的个体到和睦的群体中来。

其次的改变是：由有洁癖、爱干净到容许有污垢，和普通人一样。

最后的改变是：由自尊、自傲、自持到明白体贴下属，平易近人。

（二）直率而不锐利

在生活中，我们经常会碰到一些比较直率的人，有时他们的直率一定会触犯到别人利益，从而有可能产生冲突。因此当你很直率时，如果不是别人能忍让你，选择退后的话，就一定会发生冲突，导致矛盾。

在大多数情况下，大家都选择息事宁人、明哲保身的态度，然而对于直率的人，他们通常一般会采用敬而远之的处理方式。在这种情况下，没有人会告诉你问题出在哪里，只有那些会当面指出你的缺点、当面告诉你哪里做错了的人，才是你真正的贵人。很多人不是不知道，只是为了避免麻烦、产生冲突，而懒得理你罢了。因此对一个没有长辈教导的人来说,事实上他一直在犯各种错误,可怜的是他一直不自知,在重蹈覆辙而已。因此在人生成长的过程中,当有人冒着得罪你的风险,当面指出你哪里做错了,这样的人其实才是你应该感谢的人。孔子"吾日三省其身",我们每个人都渴望了解自己哪里做得不够好,渴望得到他人的一些指点,但是直到长大之后,才会慢慢地发现,没有人告诉你这些。生活中我们都以为率直比虚伪好很多,从而率直被渐渐合理化、合法化,变成所谓的人格的价值取向。但在实际上,率直其实是一种人格的特质,就是因为人们觉得率直和表里如一一样,不做作,不虚伪,因此在这些被附加的概念下,导致这个率直的人所带来的人格缺陷,就被掩盖、模糊掉了。生活中我们可以观察率直的人,然后反思自己。

我们每个人的内心都存在弱点和阴暗面,比如嫉妒、自大、自私等问题,难道这些东西被表现出来才是正当的吗?当然不是。你的表里如一本不能合理化你内在的不善良的人性缺点,因此有时你会误以为只要你能够表里如一,你展现的内在的那些人性的弱点东西就都合理了,这其实是错误的自我认知而已。

子贡曰:"君子亦有恶乎?"子曰:"有恶。"曰:"赐也亦有恶乎?""恶讦以为直者。"

子贡说他喜欢直率的人,讨厌讲别人坏话的人,人要学会自省,因为当一群人在沆瀣一气、众口一词时,自己不会察觉到自己存在的问题,因此我们要时常反省自己,才能察觉自身问题,避免人性的堕落。

如果你很直率,但不懂得尊重别人,就可能会伤害别人或攻击别人,这样的直率就会产生问题。朱子曰:"人不可无戒慎恐惧之心,心动便是惧处。"这是说恐惧与勇气的辩证关系。如果无恐惧,就谈不上英勇。无知无畏的勇气称不上真正的勇气。只有知道恐惧,才能显示出勇气的价值。所以一个不懂得什么是恐惧的人,就不知道勇敢的价值所在。正如西塞罗讲的:勇气就是对艰难和痛苦的最好的蔑视。海明威讲:勇气就是在高压下,仍然能保持优雅做人做事的态度。

个性需要通过打造才能渐趋成熟。如果可以改变自己让世界更好，为什么不去改变，个性不是与生俱来的某一种人格特质，个性是要在自觉地情况下去铸造的，个性是一种价值追求，是要付出努力的。什么是个性？个性就是在自觉意识之下，人所认知到的某一种人格价值。如果你觉得某种个性是好的，希望自己想拥有这样的个性，因此在生活中你就要很努力去打造这种个性，在整个塑造个性的过程中，有时甚至不惜去违反自己天赋，通过塑造出来自己希望的、认可的那个样子，那才叫作个性。现在很多独生子女家庭，家长的过分溺爱很容易让幼儿形成以自我为中心、骄横、霸道、任性、自私等不良人格品质，被骄纵的儿童会把他的期待当成“法律”去要求别人，他觉得自己是享有某种特殊权利的。林黛玉眼光很高，所谓目无下尘，然而当她的关注点和众人不同时，并且其他人也不从她的角度去考虑，不体贴、不讨好她时，她就会陷入到深深的失落和不安之中，这种不安全感一直伴随着她，形影不离。

（三）克服自卑情绪，脱离虚假的优越感

自卑情结的人总是出于防卫状态，造成紧张情绪，这就需要争取获得优越感，获得价值认可，适度的自卑和优越是相辅相成的，争取优越情结是为了弥补自卑情结。

当自卑感激发人解决问题时，就会使人产生成就感，然而当自卑感是固守于自我的某种情结时，它就会产生畸变。她会保持自己有限的交往范围，从而获得一种虚假的满足感。人本主义心理学家罗洛梅说过：过分的悲伤其实是一种沉溺，把过分的注意力放在自己身上，这其实也是一种发出求救讯号的表示。

眼泪是具有破坏力的，会加重别人的内疚感，时间长了就会影响亲密关系的建立。

（四）积极培养社会兴趣

个体心理学家阿德勒认为：一个人要成为健全的人，就必须保持建设性的姿态，与这个世界进行合作，从而获得一种社会兴趣。社会兴趣是与生俱来的，它是在与别人共同生活中获得心理需求的满足、感情的交流，以及对于未来的期望。社会兴趣是一种潜能，这由母子关系决定，母子如果不能一直陪伴或坦诚相见，就会影响他们与社会关系的雏形。林黛玉因为幼年丧母，后天性格中安全感的建立这一方面就会有所缺失。具有社会兴趣的人通常具有以下表现：①在平常或困难时一直处于帮助别人的准备状况。②给予多余索取。③对他人的思想、情感、经验有足够的理解与尊重。

作者采用了特殊的描写手法，打破了封建贵族大家庭的男女之间界限，让宝黛在现实生活点点滴滴之中，能够培养知己式的男女情感，否则宝黛之间的相处肯定是难以为继的。林黛玉的爱情也随着自己的人格不断完善而渐渐从怀疑走向信任。

第二节　贾宝玉——通灵的弃石

经典作品《红楼梦》男主角贾宝玉几乎是家喻户晓。如书中所言他是荣国府贾政和王夫人生的第二个儿子。因为出生时口衔宝玉，又是贾府中玉字辈嫡生长孙，所以取名贾宝玉，在贾府中都称他为宝二爷。他是居住在大观园中以贾母为首的女儿国中唯一的正式男性居民。

他原本是女娲补天炼就的补天之石，因弃置未用被遗弃在大荒山无稽崖青埂峰之下，经过锻造的顽石依然通灵，这个通灵也可以看作是他的身上具备真善美的人格基础。按照我们世俗对人的价值评定标准，应该是学而优则仕，可他却厌烦学习，怕读文章，金玉其外败絮其中。就像贾雨村眼中看到的龙钟老憎，舌钝耳聋，眼花腿衰，但他的心中却藏有大爱，他不但爱青春美少女，也爱草、爱花、爱鸟、爱画，爱这世间的一切，有生命的、没生命的，他都爱。他是一个博爱的人，这与他的家庭成长背景密切相关。贾宝玉从小就深受祖母贾母的疼爱，最厌恶八股文，讨厌仕途经济学问，最爱和青春的女孩一起玩闹，但是，“瞬息间则又乐极悲生，人非物换”。随着家族命运的衰败，他喜爱的众女孩都离他而去，死的死，散的散。著名红学家周汝昌经过考证认为贾宝玉应该是在林黛玉死后才娶宝钗为妻的，但无奈他始终忘记不了他的林妹妹。面对作为妻子的宝钗，宝玉始终不能走出他的精神之恋，林黛玉悲伤而死，薛宝钗寂寞而终。这一观点得到很多红楼梦研究者的认同。

贾宝玉形象带有作者自传的色彩，但其本质上属于艺术虚构，也可以看作是作者有意识塑造的全能自恋、补天济世等美德于一身的典型形象，在世界文学史上极具创新性。

红楼梦中第三回贾宝玉正式出场，阅读红楼梦发现作者有个独特的写作手法：凡是重要人物，重点描写都像是盖着红盖头的新娘子，要慢慢揭开。借助林黛玉的眼睛我们看到的宝玉的描写是从头到脚，头上戴着金子做的镶嵌着宝石的束发的头饰，齐眉勒着用金子做的二龙抢金图案的抹额，身穿绣有金线蝴蝶的大红袍子，外面罩着一件石青带花的排穗褂，脚上穿的是粉底缎子做的青色的靴子。人长得浓眉大眼，圆脸庞，面色红润，留着整齐的刘海，眉目含情，头发黑漆油亮，扎成小辫用红丝系住，然后再扎成一个大粗辫子并用系有宝珠的丝线垂下，下面有金子坠角。林黛玉眼中的宝玉从上到下是穿金戴宝，大红和粉丝的衣服，加上圆圆的、粉嘟嘟的脸庞，酷似今天的洋娃娃一般。贾宝玉刚刚从外面回来，所以上面林黛玉看到的是外出的正装打扮的宝玉，回到家见过贾母后宝玉立马回去换了衣服然后再来见大家时，作者又补写了他身上戴着的宝玉、项圈、护身符、寄名锁等。换装出来的贾宝玉穿上半旧的裤子，大红的厚底鞋子。“面如敷粉，唇若施脂,转盼多情,语言常笑。天然一段风骚……全在眉梢,平生万种情思,悉堆眼角。看其外貌最是极好,却难知其底细。”林黛玉眼中的贾宝玉与别人眼中的贾宝玉和王夫人的形容刚好相反,他是可爱的,他是有情的,他是俊美的。贾宝玉的名言是:“女儿是水做的骨肉,男人是泥做的骨肉,我见了女儿便清爽,见了男子便觉浊臭逼人。”自那以后,在贾母的精心安排下,他和林黛玉经常到贾母房间中休息和聊天,所以比和其他姊妹更加亲密、熟悉和交往多。因为他平时像呵护花一样、细心体贴对待丫鬟们,所以将自己住的地方取名字为绛芸轩,自己号称绛洞花主或叫绛洞花王。

贾宝玉家世显赫,为当时天下公认的名门望族。当时京城有“八公”,其中包含贾府宁国公、荣国公,占“八公”中二席,而且是金陵贾、史、王、薛四大家族之一。曾经贾宝玉的姐姐贾元春,被晋封为贵妃时,贾家呈现出了一幅红红火火、鲜花似锦的空前盛况。有一次王熙凤和下人聊天时无意中提到说,先前太祖皇帝南巡时,贾家负责安排接待过皇帝一次,只这么一次那银子花得都像淌海水似的。富贵而显赫的家世,使得贾宝玉从小就过着养尊处优的生活,因此薛宝钗给他取了个绰号,叫“富贵闲人”。如果可以选择,贾宝玉的生活恐怕是很多人都会选择想要的,试想:一个人来这世间走一遭,最大的心愿不就是能够既富且贵还能有时间去享受吗?

一、《红楼梦》关于贾宝玉言语及行为描写

贾宝玉是《红楼梦》中的男主人公,作为贯穿全书始终的人物,贾宝玉这一人物形象寄托着作者的深情。以至于很多人还认为,作者重点塑造的形象所映射的就是作者自己。但是从笔者研究的角度看来,这一重点塑造的典型形象,绝不是作者自己,而是根据实情靠灵感自己创作出来的,也就是说作者本人依托现实生活,概括总结同种类型的人物特点,再经过合理艺术的想象,加以

糅合渲染,从而创造出来的这一经典的艺术形象。

贾宝玉在林黛玉眼中是美好的存在,但在别人眼中却是一个狂妄不懂事,整天无所事事,自寻忧愁、自寻烦恼的轻狂少年。只是长得英俊潇洒,风度翩翩,这种看法,无疑是片面的、肤浅的,没有看到隐藏在贾宝玉内心深处的那份洒脱与博爱。自甘潦倒,不懂得人情世故,愚钝顽皮,害怕读书,不喜欢学习。做事偏僻,性格乖巧而张扬,我行我素,根本不管别人的看法和诽谤之词!因此在自己富贵时,不知道做自己应该做的事情,当贫穷的时候,又耐不住凄凉寂寞。只可惜白白耽误了大好时光,不学习、不作为,对国家和家族都没有什么贡献。所以称得上是普天之下第一没有能力、第一不成才之人。

的确不符合所处时代对男孩子的要求,他不喜欢按照家族的期望去活,去读八股文,去考取功名,去和自己不喜欢的人周旋,去做不想做的事。因为他生在官宦之家,看惯了官场的虚伪,看厌了家族男性的丑态。所以也厌恶了官场,他的很多不被理解的行为都在为能远离官场做铺垫。

在《红楼梦》第三十二回中,史湘云曾劝他要去结交一些官场人士,也该学些仕途经济的学问时,宝玉便觉得十分逆耳,立马拉下脸来赶湘云出去。

贾玉玉身上有着深深的反叛,他的聪慧让他看到那个社会对女性的压榨和迫害,而女性又是自他懂事以来,带给他幸福和温暖的美好陪伴。所以他比这些女孩子还不能接受命运带给她们的摧残。再加上他内心是一个极具大爱的人,他想用内心的光和热去温暖和照亮身边的女孩子,给她们以保护,无奈相比外在的严寒,这股暖意就像秋冬的残阳,软弱而又无力。其次,贾宝玉心中有大爱还体现在他认为万物平等。

贾宝玉对万事万物都能体贴入微、都能有痴情一片,在常人的眼中看来就是“痴”与“呆”的表现。作者在描写贾宝玉时,有时他会对着画中寂寞的美人发呆、出神,望着结满青杏的杏树和树上欢叫的雀儿发呆、痴想,久久不愿离开,用心掩埋大家玩剩的并蒂菱蕙。不忍看到断线的风筝独自飞翔，定要给它找个伴。通过这些事例，都能说明贾宝玉如何对万事万物都能体贴入微，都能有痴情一片。另外，像晴雯把扇子撕了，玉钏给他送来羹饭，龄官做画蔷薇等种种情节，也极为生动地刻画出贾宝玉对万事万物都能体贴入微、都能有痴情一片的用情。作者在《红楼梦》前八十回中，在描绘和塑造贾宝玉整体形象的时候，就是以自然万物和艺术作品的情感投入作为基本内容之一的。作者极为细致地描写了贾宝玉对小说、散文、诗、词、曲、戏剧、音乐、绘画、书法等各种形式的文学艺术作品的喜爱。其中还描写了宝玉将具有情趣的手工艺术品赠送给在病中的探春，用来安慰病人和悦愉病人心灵的精彩场景，这些在古代也只有大观园贾宝玉这个怡红公子才能考虑得如此周到，如此体贴入微。

在前八十回中，我们随处可以看到描述贾宝玉对万事万物都能体贴入微、都能有痴情一片的情感投入。他的这种投入对象都是美的，这些美好的事物在他眼中也都有了生命和灵气。潇湘馆的竹林、怡红院的海棠、蘅芜苑的香草藤蔓、拢翠庵的红梅、稻香村菜花，都让他倍增爱怜，都充满了他对万物的欣赏和怜爱的意思。事实上，贾宝玉之所以用对万事万物都能体贴入微、都能有痴情一片的情感投入，主要是因为在这些竹林、海棠、香草藤蔓、红梅、菜花的背后与“少女为主体的人”密切相关，并能产生互动。比如潇湘馆的竹林所表征的品质，有着林黛玉的风格，贾探春精心制作的那双“白耗人力，浪费绫罗”的鞋，林黛玉费了许多工夫，做得十分精巧但最终被剪破的那枚香袋，还有就是晴雯带病织补的雀金裘，袭人绣的小儿兜肚，薛宝钗经过精心设计、编织着黑珠儿线的莺儿、在配上金线的通灵宝玉络子等这些，全部能够表达出这些心灵手巧的美丽少女对生活的深厚情感。

贾宝玉本人所追求的自然与艺术的美，是与追求的“真”的自然与艺术的美结合在一起的。比如第十七回中贾宝玉有一番这样的言论：远无邻村，近不负郭，凡是不能和自然融为一体，背山无脉，临水无源，突出孤立之物，人力穿凿而成的东西都非大观。真正的大观一定要通自然之气,形成天然图画,顺其自然,无为而至。通过评议这些对自然和艺术的美的“真”和“假”,鲜明地表达了他对自然和艺术“真”“美”合一的思想。从这里可以延伸到贾宝玉在理想中所追求的女儿之美是什么,它是能够区分善恶的非常独特的标准,是“真”和“善”结合在一起的,而不是站在自己的立场去劝导别人。人应该做什么,每个人都应该按照自己的品性顺性而为,不能打着我是为你好的名义进行情的绑架。所以在贾宝玉的世界里他认为黛玉、晴雯于他而言就是善的。从这个层面去理解也可以帮助我们更好地去理解贾宝玉的思想。

正是因为贾宝玉一生所寻求真善美,不是现实功利的,是属于未来理想的范畴,进而他全面否定以忠孝为本的封建道德伦理,并进而拒绝考取功名、获得俸禄,抛开当时现实生活中成名之路。贾宝玉所谓的“情”与“不情”,是辩证统一的,组成和勾画了贾宝玉这一典型性格的形象,作者正是以贾宝玉“情不情”为核心精心构思、完美创作了贾宝玉的性格形象。

他想努力地成为自己,自然而然的自己,这个思想是极具时代进步意义的。所以他在婚姻恋爱方面不断尝试去突破父母之命、媒妁之言的婚姻方式,他想追求独立自主的婚姻,因此描写他在梦中都叫骂,不能相信那些和尚道士所说的话,所谓的“金玉良缘”根本不存在,我偏不信,其实就是木头和石头所接的姻缘罢了。贾宝玉的思想已经具备了民主平等初步的思想,但是,其民主平等初步的思想和现在相比仍是狭隘的。诚如,他始终反抗封建制度但又不敢与之彻底决裂。所以他对于父亲一直都是采用比较消极的对抗,他找不到有效反抗的方法,心灰意冷,所以有时他的头脑里也会充满虚无的、空幻的思想。

二、贾宝玉人物性格心理分析

贾宝玉被认为是大观园中护花使者,历数贾家玉字辈的继承人中,贾珍、贾琏行为不端,是典型的纨绔子弟。那么有谁能担当起振兴家业的重任呢，也只有贾宝玉了。但是功名利禄于宝玉而言没有任何吸引力，甚至他内心对此还感到厌恶，其实令他厌恶更多是混迹在里面的人性扭曲的人吧。古时候家庭有个习惯叫"抓周"，小孩子周岁那天，家长特意在小孩子面前摆上几样东西，比如有书籍笔墨、钗环玩具等，看看小孩子会最先抓取哪样物品，这或许是最早的志向启蒙测试吧，贾宝玉小时候，贾政也对他做了这样的测试，满桌子的物品贾宝玉专拣钗环脂粉抓取，这令贾政感到无比失望，从此就判定这孩子没有出息，就再也喜欢不起来宝玉了。这小小的细节描写既符合当时家庭的日常生活状况，也写出了贾宝玉天生的性情脾气。渐渐长大后的贾宝玉钟情女性，喜欢有个性的人。这些在父亲眼中不成器的调脂弄粉的行为，贾宝玉却无比喜爱，沉浸其中，不能自拔，贾宝玉对化妆品及化妆品的使用方法，比女孩子还精通。他有一套自己研究发明的制作胭脂膏子方法，《红楼梦》第四十四回，贾琏和王熙凤生气打架，王熙凤迁怒到了平儿身上，贾宝玉知道后连忙把平儿叫到怡红院，让她换上干净衣服，同时递上自己制作的脂粉：它是用研碎了的紫茉莉花种，再兑上香料制成的轻白红香。贾宝玉自己制作的胭脂，是用质量很好的胭脂拧出汁来，过滤掉渣滓，用花露蒸叠而成，放进一个小白盒子里面，平儿用时感觉鲜艳异常、甜香满颊。除了自己制作胭脂之外也喜欢舔舐其他女孩子脸上的胭脂，这样的特殊爱好，加上他多愁善感的性格，又喜欢红色，外在就会展现出非常女性化的一面，所以在他的性别认同中他会刻意向女性看齐。

当他身边袭人、湘云担心这样的爱好会让贾宝玉误入歧途时，几次尝试制止，都没让贾宝玉改性移情。贾宝玉爱这些青春的女性，感觉她们的生命是那样的美好，厌恶自己是个男性，在女孩子面前常常自视甚卑，这也是他深受女孩子喜欢的原因吧，和贾宝玉在一起甚至可以让你短暂的忘却身份地位、男女差异而享受到人与人之间真正的平等和尊重。

在《红楼梦》第十七、十八回写道，贾宝玉在贾政面前表现得很好，得到了表扬，所以一高兴，就把随身佩戴的东西全都赏给了仆人小厮。林黛玉她听说这件事后，对贾宝玉说道："我给的那个荷包也给他们了……你明儿再想要我的东西，可不能够了！"林黛玉边说，边拿起手中正在做的香袋，就要铰，满脸生气要回自己的房间了，谁知贾宝玉一下子就从贴身内衣身上，解下林黛玉赠送的香袋，给林黛玉看，林黛玉看到贾宝玉这样珍惜爱护自己送给他的东西，感动不已。可见贾宝玉的细腻。在宝黛爱情中，贾宝玉总是给林黛玉讲笑话、并逗她开心，将自己的心情和她一起分享，通过这些细致体贴的举动，来对待爱耍性子的林黛玉，与林黛玉一起做事情，担心林黛玉的病情，当林黛玉因赌气而伤心落泪时，整个心思都让林黛玉抓去，并且被她一举一动揉搓着。通过这些描写，使他们的爱情由生活的点点滴滴，最后达到了两者精神的高度共鸣。

贾宝玉对其他女性也和林黛玉一样，都能做到体贴入微，关怀备至。贾宝玉挨打之后袭人也替贾宝玉鸣不平，私下猜测是谁向贾政告的密，一下子就联想到了薛蟠。贾宝玉担心这样会连累薛宝钗，急忙说："薛蟠大哥哥从来不会这样的，你们这些人不要胡乱猜测和揣度。"这件事也只会有心思比较细腻的贾宝玉才能这样想、这样做。其实他不仅仅是对身边的姐妹这样关心体贴，对身边的丫鬟也会体贴到。在自己读书时，还顾及到麝月衣单太冷，看龄官画蔷，忘记了自己淋雨还关心让龄官躲雨。去偷偷探望被赶出贾府的晴雯，晴雯死后伤心不已作了《芙蓉女儿诔》专门纪念晴雯。在重男轻女的社会，女性作为弱势群体，没有人会去真心对待她们，真诚关注她们。贾宝玉把她们视作和自己一样的人平等去对待他接触到的每一个青春女性。甚至比关爱自己还关爱她们，这一点尤为让人感动。

人都有趋利避害的心理，都喜欢和能让自己产生愉悦情绪体验的人或物在一起。贾宝玉也不例外，他不喜欢表里不一、为了攀附权贵丧失人性的贾雨村之流，他喜欢这些内心纯真善良美好的青春女性，所以他不知不觉地融入到了女性的世界。贾宝玉融入到女性社会中，是为了逃避家庭应承担的责任，他不想活成家族期待的样子,融入女性的世界就会逃避自己身上的责任。

社会对男女角色的定义是不同的,传统社会标准认为男性应该具有阳刚之气,要果断勇敢、要有进取心、要自强不息、要不怕困难百折不挠、要有创造性、要有责任心等,男性更强壮、更有力量,性格更为粗犷豪放等品质。而女性要有阴柔之美,要更富有同情心、更加包容、更加有爱心、更加温柔体贴、举止娴雅等品质,性格上更为细腻、敏感,善于理家和教育子女。从心理学角度,人对性别认同,不仅包含对生理层面的认知,也包含对性别角色的认知。生理层面和性别角色合在一起,就构成了我们时常讲的男性或女性的气质。性别角色的认知主要通过自己父母的示范作用,并依靠外界环境的影响而形成。人们对性别的认同在 5 ~ 6 岁时开始形成,在青少年时期逐渐完成。假如在这个过程中,一个人不能接纳并认同自己的性别角色的话,就会造成一个人的一定程度上的性别认同障碍,使得这个人在社会交往中、家庭关系的处理中,遇到各种各样的问题,最终影响到个人的身心健康。

相对男性来讲,性别的反认同主要表现在以下方面:第一,行为方式方面,比如衣着的女性化,还有说话的言语态度的女性化;第二,性格方面,多愁善感、优柔寡断,缺乏阳刚之气;第三,社会认知层面,性别角色定位不准,缺乏社会担当和责任感。

男孩子的性别认同形成过程中,和父亲的角色扮演有很大关系。根据现代精神分析的理论,男孩子主要是通过和父亲的交流与互动,经过模仿父亲的言行举止等,从父亲身上学到一些男性品质如勇敢、担当、责任心等行为表现以及父亲的性格特征、思维习惯等品质特点,经过不断模仿,然后就会内化成自身的一部分。如果父亲威严有亲,孩子就会学会爱和规矩,如果父亲粗暴严厉,孩子就会出现叛逆,远离甚至讨厌父亲,乃至憎恨男人。贾政在贾宝玉的成长过程中,一直是粗暴严厉,没有引导,没有教育,做错了或者不合他的意叫过来轻则训斥,重则毒打,贾宝玉挨打那一回我们可以看到贾政下手特别狠,想把贾宝玉活活打死,所以贾宝玉每次路过父亲的书房,都是溜着墙根走,生怕父亲看见,一听到父亲找他就浑身哆嗦。如此紧张的父子关系,没有认可欣赏只有无穷无尽的恐惧,贾宝玉怎么可能去模仿贾政呢?另一方面,贾宝玉从出生身边便围绕着几十个女性,而贾宝玉又和很多女性会形成默契,一起嬉笑打闹,一同斗草簪花、赋诗作曲,性格怎能不女性化呢!

贾宝玉性别认同差异的形成,跟他的成长背景有关,但更与其父亲粗暴的教育方式密切相关,也与身边家族男性的不堪表现有关,宝玉内心深处害怕自己成为那样的人,所以他形成了深深的防御机制。这种防御机制在一定程度上可以减轻他内心对于性别不认同的内心冲突带来的痛苦。但长远看这种防御机制如果不破除,贾宝玉也无法进行自我人格的完善,也就无法成为一个真正顶天立地的男子汉,也无法为自己追求的爱情,自己赖以生存的家族提供支撑和保护的担当。

任何时代身为男性都无法回避社会所赋予男性的责任。贾宝玉一方面因其是贵族阶层,安于享受它带来锦衣玉食的生活,一方面却对其阶层的功名利禄的寄托与期望十分鄙视,没有责任和担当。像这样的男人,是没有办法成为一个有作为的大丈夫的!

正因为林黛玉总是无条件地支持贾宝玉的反叛行为,所以贾宝玉和林黛玉才能够成为生活中的知音,但是如果贾宝玉不能在他生活的实践中找到自我价值实践的方法,在现实的打磨中成为真正的男人,精神默契的爱情可能没法落地,当家族的大厦倾倒之后,所有的一切都将消散,所以即便是贾宝玉不想考取功名,获取利禄,但他至少应该学会管理家庭、打理财物。否则没有能力,这个在温室中盛开的爱情之花,是经受不住尘世间烟火洗礼的。

三、贾宝玉人物形象分析带给我们的启示与思考

贾宝玉作为未来要支撑整个贾府大厦的支柱,如果一味沉浸在女红之中,那么作为那个时代必然会缺少真男人的勇敢与无畏,只有成了真男人,活出真男人的自恋,去追寻成功与价值,唯

有如此才能给所爱的家人提供安稳的生活环境，也才有可能给自己的爱情提供一把保护伞，让纯洁神圣的爱情自由生长，如果通过精心养护的爱情，最终经受不起现实生活的考验，只能以遗憾收场，最终各奔天涯。那怎样才算是真正的男人呢？

（一）男人要自强不息

中国历来用阳刚之气比喻男人，所以真男人要把君子作为自己的理想，时刻要求自己“君子当自强不息”。尤其是遇到各种挫折、磨难和不如意时。

在现实社会中，男性与女性一样，都要具有人们所期待的行为与品质，这就是每个时代所赋予的男性和女性使命。所以说对男性来讲，都不应该因为在生活中遇到挫折，从而变得多愁善感，甚至是消极逃避，应该在遭受的磨难中，学会勇敢和坚强，用更加积极的心态，面对生活和未来，只有这样才能够活出男子汉的生命尊严和有所作为。

（二）是男人，就要活出自我的价值

正如大观园温室中孕育的爱情一样，这些活在理想主义中的爱情，总是追求彼此的心心相通，女生往往也更在意男生外表帅气，性格温柔体贴等。颜值的确会给恋爱中的男女带来强烈的吸引。但当我们面对现实的压力，以及未来的不确定性时，女人也需要男人具有事业心、上进心与责任感，所以男人一定要有自己的事业，在追求事业的过程中，体验成功，找到自我价值。

（三）男人要做好家庭关系的桥梁和纽带

在纯粹的、理想的爱情之中，男人应该扮演女人的知音、呵护者的角色。然而在现实的社会关系当中，每个人都需要扮演着多重的角色，据统计大约有61%的女性，更看中男性作为丈夫，或父亲的潜力的角色定位，因此男人不但需要能够成为女人的知己或知音，而且需要灵活转换于社会多重角色中。

男人要具备无畏的能力去探索生命的意义。

男人如果没有担当和与无畏的精神相匹配的能力就会沦落成俗世的“假宝玉”，终究不能成为真正意义上能够在世俗社会里一直温暖自己也温暖他人的人。

奥地利心理学家维克多·埃米尔·弗兰克尔提出了意义疗法，他认为生命的意义是可以改变的，实现生命意义有以下三种方式。

首先是创造生命的价值，到具体的活动中去做一件事，借由这件事体验到成功或成就，也可以是与他人建立某种关系，从而可以体会到生活与生命的美好价值。

其次是经验的价值，通过人与人之间，人与万物之间建立的深度链接，从而去发现生命的意义。比如可以通过欣赏艺术作品，品味生活，投入到大自然的怀抱，感受生活，与他人交流和沟通，体验到被爱的感觉等。

最后是态度的价值，是体现个人所持的生活信念或价值观，它是人类存在的最高价值，包括对苦难的理解等。按照弗兰克尔的观点，如果贾宝玉能活在现在，那他的生命就非常有意义，他是有价值的，他是真宝玉。但他的超前思想与他生活的时代是格格不入的，所以只能是假宝玉。

第三节　薛宝钗——高情商的冰雪美人

薛宝钗出生在“丰年好大雪(薛)珍珠如土金如铁”的薛家。

薛家原本是被封为紫薇舍人薛公的后代，曾管辖皇宫国库“内帑”，并经营皇宫内里生意，共有八处宅园。薛家的祖上曾经做过官，只不过是延续到了这一代，基本上都步入了商人行列，就是所谓的皇商，家中资产成百上万，非常富有，无与伦比，另外又和贾、王和史家这三大家族相互联姻，通过官与商相互勾结保护，自然而然地可以做成其他人做不成的生意，不过后来另几家没落，没了官面上的照应，没落也随之而来。薛宝钗是薛家嫡系所出，父亲早逝，母亲薛姨妈是王夫人的妹妹，哥哥薛蟠是个不学无术的呆霸王。薛宝钗相貌美丽，肌骨莹润，举止端庄娴雅。她醉心于求取功名赢得俸禄这条阳关大路，严格遵守封建礼仪对妇德的规范，而且城府极深，并能笼络贾府各个人的人心，得到了满府上下的夸赞。她在胸前常戴着一把金锁，金锁上面錾有“不离不弃，芳龄永继”的字样，这把金锁刚好可以配贾宝玉的玉，也就是后来大家所说的金玉良缘，从《红楼梦》最后的结局来看，最终贾宝玉与薛宝钗被迫成亲，说明金玉良缘更多的是王夫人和薛姨妈人为所致。“人为”的确可以达到一定的目的，但终究违背心愿，尤其是婚姻。金玉良缘听起来多么美好和般配，由于双方三观不在一个频道上，贾宝玉又无法忘却心上人林黛玉，婚后不久就出家做了和尚。薛宝钗最终落得个独守空房，抱恨终身的结局。

一、薛宝钗的言语及行为描写

在《红楼梦》所有角色中，后人对薛宝钗评价的争议是最大的。书中她典型形象是具有十分清醒的头脑，而内心又充满了复杂性，其心灵的深处更是充满了各种矛盾体，然而她在言谈举止上表现出来的，却又是十分和谐与统一的。薛宝钗的典型人物形象，一直在红学家、文学家、史学专家中争议很大，其实她本人才是接受封建礼仪教化，受毒害最深刻、最严重的人，尽管她在公开的场合说话做事，从来都没有对封建的礼仪教化，进行过公开的批判，但她在事实上、内心里却是充满了矛盾的。她的内心与表现出来的，都是不统一的，突出的表现是“虚伪”。然而正是这种虚伪，恰恰包含了两个方面的内容，一是她内心深处的健康美好成分，二是内心深处陈旧的污浊的因素，这二者之间既是矛盾的，又是统一的，能很好地融为一体，她不仅很有才能，而且知识广泛，非常全面，研究范围涉及中医学、文学、历史学、艺术学等。她头脑十分清醒，但是性格却很懦弱，在生活中只能违背自己的内心真实想法，不敢有任何反抗，目的是博得那些封建家长的称赞和许可，通过这种方法获得自己想要的幸福，最终成了封建礼教的牺牲品。作者在作品中既赏识她，又鄙视她的逆来顺受。她具备封建社会对女性要求的最标准的品德，薛宝钗"行为豁达，随分从时"，"罕言寡语，人谓藏愚"，"安分随时，自云守拙"，所有这些表现的品质，都完全符合那个时代对女性的要求，她是她所处的那个时代，最具典型特征的大家闺秀。

《红楼梦》第五回中写道："不想如今忽然来了个薛宝钗……年岁虽大不多，然品格端方，容貌丰美，人多谓黛玉所不及……而且宝钗行为豁达，随分从时，不比黛玉孤高自许，目无下尘，故比黛玉大得下人之心。"生得肌骨莹润，举止娴雅。在第八回宝玉去看宝钗见到宝钗用的帘子，身上穿的衣服都是半旧的，看去一点也不觉得奢华。"唇不点而红，眉不画而翠，脸若银盆，眼如水杏。罕言寡语，人谓藏愚，安分随时，自云守拙。甲戌双行夹批：这方是宝卿正传。"这是宝玉眼中看到的宝钗，其实和他的外貌很相似，而且还对宝钗的品性进行了评价。

薛宝钗容貌丰满美丽，举止娴雅，外表非常符合大家闺秀，正统的伦理道德的熏陶驯化下的淑女形象，但她在骨子里，却包含着憎恨不良社会习俗的性格成分，对当时的社会现状，她具有强烈的批判主义精神。比如在《红楼梦》第三十八回中，她的作品《螃蟹咏》就表达了这种精神。

"桂霭桐阴坐举觞，长安涎口盼重阳。

眼前道路无经纬，皮里春秋空黑黄。

……。

酒未涤腥还用菊，性防秋冷定须姜。

于今落釜成何益？月浦空余禾黍香。"

这首词其实是讽刺当时那些得了权利在官场上横行八道的人。比如忠顺王、贾赦、贾雨村等人。她自己最喜爱的词曲《山门·寄生草》，也带有明显的孤愤、虚空、反叛的色彩。长期以来，在红楼梦程高本的误导下，红学界关于薛宝钗思想性格的评价与认识，一直与实际情况相偏离。在他们眼中，大多认为薛宝钗本人城府极深，有心机，却表里不一。但在事实上，在作者曹雪芹的描述中，薛宝钗正是因为自己的性格特点，才得罪了书中封建的家长。比如在小说第二十二回中，贾政读完她的诗作的《更香谜》以后，非常失望，觉得这么小的孩子作出这样的诗句非常不吉祥，也认定她为非福寿之辈。不仅贾政对薛宝钗的不满有描写，其中也有贾母对薛宝钗的不满，第四十回，刘姥姥喜游大观园的时候，走到蘅芜苑，进到薛宝钗的房间感觉像"雪洞"一样冰冷而朴素，在贾母看来没有一丝生活的气息，了无情趣，遂引起了贾母的大为不满，也让贾母觉得很丢自己面子。于是贾母郑重地对宝钗连续讲了五条原则，第一个原则是"不可以这样做"，第二个原则是"不像话"，第三个原则是"忌讳这样做"，第四个原则是"不要太出格儿"，第五个原则是"如果都像你，我们这样的老婆子，就应该住到马圈里面去了"，以上五个原则都是负面的评价。贾母对薛宝钗的不满意表现在大家元宵节开夜宴时，贾母把薛宝钗安排在主桌之外，自己和贾宝玉、林黛玉、史湘云、薛宝琴四人一起在主桌就座，而让薛宝钗和李绮、李纹她们一起坐在主桌外。通过这些，都毫无疑问说明，薛宝钗已经在贾母面前，由以前的"宠爱"变成了"失宠"。因此关于真正的薛宝钗到底是一个怎样的人，说她工于心计，善于人心，但她却在这些事件当中令贾府的两大权威感到深深的不满和嫌弃。所以在作者所著前八十回的文本中，我们看到了另一面不屑于玩弄什么"城府"去讨好家长的薛宝钗。看到了她对弱者邢岫烟的同情，也看到了她对权势者的"不屑"，也许这才是全面的薛宝钗吧。

薛宝钗借住大观园的蘅芜苑，蘅芜苑没有高大的乔木，遍值香草。香草的特点是根并茎叶一脉香，香草也是君子的象征。刚好吻合她的爱好、情趣、性格特征。

《红楼梦》第七回，贾瑞家的找王夫人汇报刘姥姥的事情，找到了薛姨妈的住处，见到了薛宝钗，薛宝钗的穿着打扮，全身上下都是冷色调。说起了她的病也和“冷”相关联。如果她生病,需要吃自己配制的一种叫“冷香丸”的药,才能够治好她的病。而“冷香丸”这种药是一个秃头和尚给她的配方。冷香丸的配方很奇特,要用到几个“赶巧”,制作药丸所用主要材料每样都用十二两,分别是由四季春天、夏天、秋天、冬天的十二两花蕊组成,这些花蕊是春天的白牡丹、夏天的白荷花、秋天的白芙蓉和冬天的白梅。这四季的花瓣还要配上四季中二十四节气的各十二钱的雨水,它们是雨水节气当天的雨水、白露节气当天的露水、霜降节气当天的霜水、小雪节气当天的雪水。再加上白糖与蜂蜜各十二钱制成的像龙眼一样大的丸子,埋在花根下,等到吃的时候还要配上黄柏。薛宝钗非常符合正统大家闺秀的形象,这一形象的形成离不开她惯常服用的“冷香丸”,她的冷香丸的配方要用到四季的花之精髓,四季的天降之水,要经历蜜糖般的甜,也要经历黄柏的苦。每个人要脱离原始的粗糙和管理本能的欲望都要历经岁月的打磨和历练,并能从中学会调和方可达到。作者除了写薛宝钗品格的修炼是因为服用冷香丸,那么不断服用冷香丸的薛宝钗在生活当中也是总穿着半新不旧冷色系的家常衣服。第四十九回,众姐妹游园赏雪景,李纨穿了一件青色的衣服,薛宝钗穿了一件蓝紫色的衣服,其他一干众人皆是大红色的。李纨因为丈夫去世身为寡妇服装多以冷黑色为主,而年轻美丽的薛宝钗也穿着冷色调,这反映了她内在与外在的一致性,恰恰体现了冷色的衣服与她内心的冰冷是和谐统一的。她从不喜欢花儿粉儿的。从心理角度,热色与冷色不同,前者让人感觉到的是积极、振奋、愉快和温暖,而后者让人感觉到的是消极、冷漠甚至是沉寂或平静。衣着服饰除外,在管理情绪上,薛宝钗采用对待他人态度的方法就是冷处理。就是在林黛玉感受到来自薛宝钗的竞争时,处处表现出的醋意和嫉妒之心,从而表现出来刻意的挖苦时,薛宝钗就是藏愚守拙,通过“不去理他”的方式冷处理这种问题,假装自己不知道,什么感觉也没有。第八回里,在薛姨妈家中,贾宝玉和林黛玉一同喝酒,贾宝玉喝的是冷的酒,薛宝钗说喝冷酒对身体不好,贾宝玉立马不喝了，林黛玉感觉贾宝玉对宝钗言听计从，再加上自己听说的金玉之说，心里就非常不舒服，立即讽刺挖苦，借题发挥。第二十九回清虚观打醮，贾宝玉得了一个金麒麟，是道士们送的贺礼，贾母说好像在哪里见过，薛宝钗便说："史大妹妹有一个，比这个小一些。"探春便说："宝姐姐有心，不管什么他都记得。"探春说话很有分寸，凡事点到为止，林黛玉和探春不一样，马上接着探春的话说："她在别的事上不上心，只留心别人戴的东西。"林黛玉这种不给别人留面子，一句话就说破的做法，既表现出林黛玉的直率，又同时表现了她的尖酸刻薄。而薛宝钗只是轻轻地回了下头，装作什么也没听见，以此来回应林黛玉语言的攻击，对这件事做了冷处理。对待人死不能复生这件事上，薛宝钗也表现出了她的冷处理。王夫人因为怀疑她的贴身丫鬟金钏儿和贾宝玉调情，要将她撵出去，金钏儿不堪忍受屈辱，投井死了。听闻金钏儿的死讯很多人都表现了自己的震惊，也都情不自禁地流下了眼泪。而薛宝钗听到之后和众人相反，她没有吃惊，只冷冷地说了一声"这也奇了"。然后急忙安抚王夫人，平复她内心激荡的情绪。第六十七回尤三姐自刎后，柳湘莲出家了，哥哥薛蟠流着眼泪，伤心了一番。薛宝钗听说后认为这样事情都是"前生命定"，顺其自然随他去吧。宝钗身上承载了传统儒家的活在当下的生活理念，死人既然无法复活，那活着的人如何更好地活下去或许是更为深刻的话题。在《论语》有这样的记载：季路问事鬼神。子曰："未能事人，焉能事鬼？"曰："敢问死。"曰："未知生，焉知死？"这和宝钗对待生死的观点何其相似。

知书达理的薛宝钗很好掌握了关系学的运用诀窍。

薛宝钗通过对儒家经典和道书杂书研究，博采众长，她对人性的了解和把握非常到位，所以为人处世能够从人的心理规律和态势出发，更加符合不同人的心理需求与心理特征，以此待人接物的方法与手段处理事情，所以即使在纷繁复杂的各种人际关系的贾府中，她也能够应对自如，深得丫鬟婆子们的喜欢和爱戴。她对待长辈的方式是投其所好，为之排忧解难。在和贾母交往时，她会换位思考，照顾她的身体状况和心理需求。贾母见她平和稳重，出钱给她过生日。二人聊天时，贾母问她的喜好，她却能照顾到贾母的需求，并没有一味地按照自我的需求出发。贾母越来越高兴。史湘云和林黛玉不一样，她不悲观，也不需要他人感情上的抚慰。但是因为叔伯婶娘长辈管束很严，在经济上很拮据，没有钱，想邀请诗翁们组织作诗活动，却无法完成。鉴以此，薛宝钗到自家商店里，命令伙计从店中挑来两箩筐大螃蟹，帮助史湘云筹备了螃蟹宴，顺利地完成了作诗活动，史湘云为此非常感激她，从此把薛宝钗当作亲生姐妹一样，搬过来和薛宝钗住在一起，非常依恋和信任她，向她倾诉自己所有的委屈。薛宝钗对史湘云的帮助和关怀，使得史湘云从内心感激她。

怎么样处理好与林黛玉的关系，薛宝钗费了很多心思。林黛玉是贾母的心肝肉儿。也是贾宝玉的知心恋人。这些情况薛宝钗是非常清楚的，再加上后来选秀失败后，在某种意义上，林黛玉就是她的情敌。由于林黛玉对她早就存有戒心，非常聪明，超过常人，并且性格直率、言语行为丝毫不给她留情面，所以初来贾府薛宝钗一直避其锋芒，也没有和她过招，更谈不上还手，采取一味回避忍让的态度而已，从不和林黛玉发生正面冲突。但宝钗也一直在寻找机会和方法来处理好和林黛玉的关系。她抓住在一次行酒令时，林黛玉随口说出的《西厢记》与《牡丹亭》唱词的机会，在听出问题后，当场只是看了一眼黛玉，内心警觉，默记在心。因为薛宝钗在跟林黛玉的接触过程中发现了林黛玉的性格特点：抓尖要强，内心敏感，自尊心特别强。后来林黛玉有一次来到蘅芜苑找薛宝钗时，她以半开玩笑半正经的形式告诉了林黛玉。林黛玉听后内心触动很大，首先她觉得在当时被视为禁书的内容，自己却在大庭广众之下脱口而出，如果有人私下追究这件事，那后果不堪设想，自己会被打上“污点”的烙印；其次自己做错了事情竟然浑然不觉，幸亏薛宝钗的提醒，让她知道了有个知心朋友能帮助自己改正缺点是多么重要；最后她被薛宝钗的现身说法折服，更加佩服和赞叹薛宝钗的为人。薛宝钗在指出林黛玉的问题后，说自己原本也像林黛玉这样喜欢看这些杂书，但如果年纪太轻的话，这些杂书也最容易教人移性，所以家长是不允许看这些杂书的。黛玉也深深明白，自己不就是嘴急心快，因为看过这些杂书，也被这些杂书影响着，才会发生脱口而出之事。自此之后，林黛玉对薛宝钗充满了规劝之情，也完全信任了薛宝钗，把她作为知己。林黛玉也对薛宝钗说了一段让人感动的话，意思是："以前都是我错了，以至于一直误会你。原因是我母亲早早去世了，又没有其他兄弟姐妹，一直到我长到十五岁的时候，也没有一个人教导我，说你前些天说的话。"由于薛宝钗对林黛玉真心相待，所以她还亲自制作燕窝给林黛玉养病。这样一来林黛玉感动得只把薛宝钗以亲姐姐来称呼。薛宝钗用自己的方式和林黛玉建立了良好的友情。

在《红楼梦》第三十五回中，贾宝玉被打后，想喝莲叶羹，当时王熙凤和贾母都在，薛宝钗当面说道："我来了这么几年，留神看起来，凤丫头凭她怎么巧，再巧不过老太太去。"这句话充分体现了薛宝钗的语言功夫，它厉害之处在于在表扬了王熙凤同时，更突出贾母的厉害，在强调贾母比王熙凤强的同时，把王熙凤和贾母放在一起，作为陪衬，她也感到很荣耀，并且说到了贾母的心坎里去了，贾母一直都是这样认为并在不同的场合也不止一次说过。宝钗说完贾母说："我如今老了，那里还巧什么。我当年像王熙凤这么大的时候，应对做事比王熙凤还要能干。"然后贾母越说越高兴，也顺带着开始表扬起宝钗来了。可见是人都喜欢被表扬，贾母也不例外。

金钏儿投井之后王夫人内心不安，也在不停地抹眼泪。薛宝钗就对王夫人说："金钏儿也可能不是因为你的训斥，也可能自己贪玩不小心自己掉下去的。"但是这样的解释王夫人不能接受，于是她又说："她这样做也是自己糊涂所至。"这样一来王夫人的心理压力就减轻了。还把自己新做的衣服拿来给金钏儿用，解了王夫人的燃眉之急，这怎能不让王夫人感激和认同呢？对同辈，她关怀教导，济困扶危。也会因人而异，采取不同的策略，与他们搞好人际关系。

薛宝钗对待贾宝玉的态度也是值得我们学习的。

薛宝钗知性、理性，做人很注意搞好人际关系，且做事也有自己明确的目标：好风凭借力，送我上青云。她有自己的鸿鹄之志，飞到云端去施展自己的抱负，所以她一定对自己的人生做过一番规划。那就是效仿贾元春入朝做贵妃，所以她同哥哥母亲来到贾府并非为了探亲，其真实的目的是想入京待选。但天不遂人愿，她落选了，情绪也受到很大的波动，清虚观打醮那一回一向情绪管理极好的薛宝钗，出现了情绪失控。那可能是梦想毁灭后的失态吧。但她的自我调节能力很好，积极为自己谋划下一步的安排，这次她的目标聚焦到了贾宝玉身上，嫁皇帝不成，那只能降低标准，追求另外目标。然而在贾府中，大观园内，能够成为她选择配偶的目标，对象只有这个年轻的公子贾宝玉，嫁给贾宝玉也可以让自己有一番作为，所以，她对贾宝玉抱有十分复杂的情感。但贾宝玉完全不符合她对理想丈夫金榜高中的设想，她要依照她的理想标准，去引导贾宝玉的行为，从而达到实现她的理想。在元妃奉旨探亲时，关于“绿蜡”这个词贾宝玉还不了解它的意思，以及它的出处，薛宝钗提到了将来的金殿对策，为了完成自己的这个设想，她要时时规劝贾宝玉立身功名。薛宝钗劝诫贾宝玉去追求功名利禄，可贾宝玉最反感的事情就是这事，因此贾宝玉跟薛宝钗渐渐地疏远了。然而薛宝钗凭着像藤一样的缠劲和韧劲，去说服他，但无奈她没办法说服和引导贾宝玉去走上仕途之路。

薛宝钗对贾宝玉情感透着功利但也饱含深情，她去探望挨打的贾宝玉时，是把药丸托在手上进去的，然后对贾宝玉说：“早听人一句话，也不至今日。别说老太太、太太心疼，就是我们看着，心里也疼。”在这个时候薛宝钗说的心疼是她这么理性的女孩少有的真情流露，意识不妥之后便赶紧收住嘴并羞红了脸，低下头只管弄衣带。薛宝钗在其他场合都刻意表现出来了对贾宝玉的距离，也尽量不让自己的感情外露，薛宝钗深深地明白婚姻不能自主决定，要成就婚姻必须得到父母的认可，所以这种情况下，她更加注重像贾母、王夫人这些封建家长对她的印象，比贾宝玉对她的情感需求更重要。薛宝钗非常懂得如何把握自己的婚姻,表面上看来她是在远离贾宝玉,但她对贾宝玉身边的大丫头袭人,这个被王夫人暗中确定的准姨娘特别关心。通过和她促膝交谈,把戒指送给她,从而拉近了同袭人的私人关系,使她感受到宠爱,并对她感激不尽。通过主动帮助袭人制作贾宝玉用的东西,使袭人记住她的好,并发自内心地感谢她。

薛宝钗在处理和自己的哥哥的关系时,也拿捏得很好,每次都让薛蟠说不出话来,只能通过作揖,甚至道歉,以至于骂自己不是人来讨好她。薛宝钗对付泼妇嫂嫂夏金桂的方法更加高明:随时做好防范,不给她发作的机会,逮住机会就用言语灭掉她的气势。而对待最阴险卑鄙、处处寻是非的赵姨娘,薛宝钗敏锐地觉察到她内心害怕被人瞧不起的自卑心理,就处处表现出对她的尊重来,用以"一视同仁"的态度送礼物给贾环,令不说别人好话的赵姨娘感激涕零,到处去夸薛宝钗。

薛宝钗拥有情的冰结,以理抑情。

薛宝钗是封建淑女的典型,是情感几乎已经冰结了的美人。换句话说,薛宝钗是理性的、冷静的,这种理性不是天生的,而是在生活中不断地磨炼形成的。

根据薛宝钗自己描述:她小时候的是个淘气鬼。在七八岁的时候,非常缠人,不爱看正经书,背着家人偷看家里的藏书。后来家长发现制止后就再也不看了,由此可知,孩子们的天性都是一样的,都不喜欢规矩和教条,喜欢有趣和好玩的事情。薛宝钗小时也是个淘气的孩子,可能也有着和其他女孩子一样的天真直率,如果没有家长的管教和约束就像她自己说的:看了这些杂书移了性情,那薛宝钗可能就会成为《西厢记》的崔莺莺,《牡丹亭》的杜丽娘。所以薛宝钗最后认同了封建观点,女子无才便是德,不再看休闲的杂书,只看正统的书籍。但薛宝钗自己其实不仅有才而且还是全才,在这里不得不引起读者对薛宝钗这一人物形象的反思。

封建家长高压形式的教育,并不总是有效的。贾宝玉被贾政打得皮开肉绽,但贾宝玉却是越打越叛逆。而薛宝钗的父亲活着时,非常爱她,他对女儿既用了骂和打,又用了爱。在这样家庭环境的塑造下,所以薛宝钗逐渐成长为一名端庄贤淑的女子。但是她通过对自己欲望的管理,使得她原本属于少女特有的天真烂漫、热情洋溢等品质也消失了,变成了朴素无华、外表温暖而内心冰冷的冰雪美人。薛宝钗的家庭属于皇商,而不是书香门第。商人功利的本质,也在影响着薛宝钗性格的形成。然而她与只贪图利益的王熙凤本质完全不一样,"双赢"是她的处世原则。从管理家庭的角度讲,王熙凤的才能和本领是因人而治,像霸王似的,强势霸道,她说行就行;贾探春的才能和本领则是依法而治,公正无私;而薛宝钗的才能和本领是依利而治,通过制定物质奖励的方式,从而达到调动人们的劳动积极性的目的。她对待自己的婚姻态度也是"利治",用最少的利,来换最大的利,是为了以后当上"宝二奶奶"。如果依据人的气质类型来分类,薛宝钗属于顺从型的人。她时时注意观察社会,能够顺应社会,时时关注社会上、家庭中各种错综复杂的人事关系,做到"随时从分",因此薛宝钗是一个大家淑女,并能熟练驾驭各种社会关系。

薛宝钗和林黛玉相比,有本质上差异的。前者是在做人,后者是在作诗。对《红楼梦》仔细品读,我们可以从多个视角,去分析薛宝钗和林黛玉的性格不同点。表面上看,薛宝钗似乎是有点"圆滑世故";但事实上薛宝钗骨子里表现出来的却是愤世嫉俗,林黛玉表现出来的却是追求世俗的声望、地位和名利。在很多时候薛宝钗坚持做自己,留给家长们都是像忌讳、不祥这样的负面形象。而林黛玉则明确表达了自己"独立名"和"邀恩宠"的渴望。在《红楼梦》全书中,被世人骂得最狠的是薛宝钗的作品《螃蟹咏》,歌颂圣明最厉害的是林黛玉作的《杏帘在望》。这其实也是作者暗示了薛宝钗和林黛玉性格的一种方式。

从客观能力的角度分析,薛宝钗和林黛玉相比,前者更善于处理世事,善于处理各种复杂的人际关系。而后者对各种俗世功名,他人的关注、认可与欣赏的关注较宝钗来讲更强一些。相比较而言，薛宝钗的位置比林黛玉的位置更加优越些，但薛宝钗表现出来的是，不在意尘世中争名夺利的事，更不在意什么元妃的特别恩赏等，反倒林黛玉表现出来的是事事斤斤计较，甚至连小小几枝宫花都争，一定要比出个势利才行。依据阴阳学说，这俩人一个是怀抱理想身处俗世，一个是拥抱俗世身处理想。在《红楼梦》的脂评本原著中，说薛宝钗“身处世内而心向世外”，林黛玉则刚好与之相反。

《红楼梦》是中国传统文化集大成的经典之作，在林黛玉身上，更多地体现了儒家士大夫的某些文化特质，而在薛宝钗身上，则更多地表现了老庄哲学审美的观点。薛宝钗是外儒内道，“蘅芷清芬”颇具道家色彩，其人格品质是“淡极始知花更艳”。林黛玉是外道内儒，“有凤来仪”暗点了林黛玉性格中更为真实的一面。从这种性格层面，薛宝钗与林黛玉两者之间既是相互交融关系，又是相互相反的关系，恰恰像《周易》的哲学原理中，所揭示太极图一样：尘世间万事万物，都是阴阳相合。比如，阳中含阴，阴中含阳。因此，也可以看出《红楼梦》从中国传统文化中汲取了大量元素，特别是以老庄为代表的道家文化。其中，金钏儿也暗合了薛宝钗烈性与真情的一面，小红原名红玉暗合林黛玉世故与心机的一面，袭人身上可以看见薛宝钗正面的影子，晴雯身上可以看到林黛玉正面的影子。作者此种设计，让人物更加彰显立体和直观，也彰显了《红楼梦》中“风月宝鉴”的暗示意义。①

在作者的一生中，始终纠结在是“出世”还是“入世”这两方面的困惑当中。从理智角度，他看透了这些功名利禄的本质，和虚妄男女感情与爱情，然而从情感角度，他又不能割舍对往昔繁

① “风月宝鉴”是警幻仙子所制一面镜子，出自太虚幻境空灵殿。专门治疗有邪念而且妄想行动的人，有普济世人保护生命的功效，所以跛足道人把它带到世上。单与那些聪明杰俊，风雅王孙等看照，千万不可照正面，只照他的背面。风月宝鉴正面是美女，背面是骷髅。令人想不到的是，可以让人生存的不是美女，而是骷髅。可以致人死地的不是骷髅而是美女。所以说红颜祸水，万恶淫为首。因此年轻人不能有邪思妄动，要清心寡欲，洁身自好。跛足道人反复叮咛贾瑞一定要照背面，希望通过风月宝鉴告诉贾瑞：美好的表象，是心魔，是陷阱，万万不能跳；看似吓人的骷髅，是生的通道，不要看到危险就退缩，一定要咬牙坚持走下去，才能绝路逢生。

华的追求,和往日情缘的留恋。而在书中设置薛宝钗和林黛玉两位女主角,就全面反映了内心的纠结,和选择的两难。如果从更加抽象的角度来看,尽管她们都生活在这样的生存状态中,既需要小心翼翼,且又时时担惊受怕,恐怕受到伤害,是典型的敏感的弱势的人。然而我们排除枝节上的不同,具体地说看薛宝钗、林黛玉她们两个,也同作者一样,都在是“出世”还是“入世”两者中间纠结与徘徊。

然而,作者为了获得精神上的解脱,要常常考虑,怎样通过理智来战胜情感,而不是仅仅满足于表达自己内心的困境。这样就导致原本可以合二为一的钗黛二人,在小说中,在救赎精神这个问题上,又出现了各自不同的结果。在一僧一道的点化下,薛宝钗成功地接受了癞僧的点化,而林黛玉恰好相反,是点化路上的失败者。林黛玉通过服用世间的“人参养荣丸”等药,从而断然拒绝了癞头和尚帮她设计好的治疗方案,其结果可想而知,是她只能在尘世中越陷越深,终其一生都不能摆脱对世俗的占有欲,以及困扰她的儿女情长。而薛宝钗却在摆脱一切世俗的情感的羁绊后,经历了人间的酸甜苦辣和世态炎凉,最终能够以巨大的自我牺牲精神,和一种知己的大爱,去促使贾宝玉经过悟道,然后出家,最终重新返回大荒之地。真可谓“香可冷得,天下一切无不可冷。”通过以上分析可知,薛宝钗和林黛玉相比,高下自明,是不可同日而语的。从书可知,曹雪芹本人的实际情况,和林黛玉情况比较接近,而和薛宝钗的境界完全不同,那是他向往并追求的理想境界。

在性格上,宝黛的性格刚好相反,具有两面性,而这种性格恰又在她们的爱情方面得以延伸。这就产生了一种非常复杂的三角关系:贾宝玉与林黛玉空间上亲密无间,但心中始有间隙。贾宝玉与林黛玉的关系可以用似近而实远来形容,从表面上看,他俩好像是知己,心心相印、且又呼吸相通。而在实际上,他们在内心深处,始终是疏离,存在着一种深刻的隔膜。尽管贾宝玉把林黛玉看作是知己,原因是她不规劝他去追求仕途或经商什么的。

事实上,林黛玉的头脑中“追求功名利禄的混账思想”是有的,也不是不想用“追求功名利禄的混账思想”来规劝贾宝玉。最重要的是,有时宝黛他俩的价值观有天壤之别。诸如在对待贾雨村这类人态度上,贾宝玉认为他们是“禄鬼国贼”,不屑与贾雨村这类人相接触,宁死也不和他们交往。但是林黛玉作为贾雨村的学生,对贾雨村也没任何微词。贾宝玉与薛宝钗的状况则完全不同,在明面上,他们好像没有什么共同语言,可谓是志不同且道不合,但在骨子里,甚至于深层次性格当中,都厌恨那些贪官污吏,都强烈批判现实社会中各种鄙陋之处,这就是贾宝玉和薛宝钗在深层次的内心中所蕴藏的最大的相似和相同的地方。最能体现薛宝钗这点的是她的《螃蟹咏》,文中强烈抨击了以贾雨村为代表的那些贪官污吏,对他们进行了最为尖刻的讽刺。薛宝钗劝诫贾宝玉,认真读书考取功名,目的是让他获得权力,去惩治和消灭像贾雨村这样的“禄蠹”,而不是成为和贾雨村一样丑陋的人。正如她的诗“酒未敌腥还用菊,性防积冷定须姜”。贾宝玉和薛宝钗的价值观看上去完全不同,但他们的立场的确是相同的、基本一致的。另外,他们还有共同的出自本能的爱好,就是贾宝玉与薛宝钗都对佛教道教“出世”理念的偏爱和执着。通过实际的表现看,也是通过薛宝钗的引导和推荐,贾宝玉才爱上了禅宗,并有所感悟(参见第二十二回“听曲文宝玉悟禅机”)。所以说薛宝钗和林黛玉相比较,更深刻影响了贾宝玉思想的薛宝钗远超林黛玉。在脂砚斋中,曾特别要求读者关注:“钗与玉远中近,颦与玉近中远,是要紧两大股,不可粗心看过!”

通过以上分析,也就暗示了贾宝玉在一生的感情纠葛中,一定会经历一个重大的转折:情窦初开的贾宝玉开始对林黛玉情感非常专一,然而随着时间推移,贾宝玉与薛宝钗之间才能够真正形成的至爱与真情。林黛玉与贾宝玉在花前月下,习惯于无忧无虑、卿卿我我的生活,但当贾宝玉处在饥寒落魄的境遇中,能够和他一起患难与共、风雨同舟的人,就只能是薛宝钗这样的人。但是,在原著中发生这样的转折,应该在八十回以后遗失的原稿之中。

第六十三回林黛玉抽出的花签诗句是:“莫怨东风当自嗟。”而薛宝钗抽出的诗句则是:“任是无情也动人。”何谓之“莫怨东风当自嗟”?何谓之“任是无情也动人”?这正是薛宝钗内在的老庄品性,启发引导着贾宝玉对道教有初步的感悟,从而能够重新返回大荒之地。薛宝钗既然嫁给贾宝玉,成为他的妻子,就应该这样做。可她作为贾宝玉的妻子,启迪并引导了她丈夫出家成为僧人。依据世俗的观点,这是薛宝钗的情非得已。然而贾宝玉深深地了解,正是薛宝钗的这种情非得已的举动,才真正反映了薛宝钗自我牺牲式的大爱和对他的一片真心,这才是感天动地的。贾宝玉被薛宝钗为自己所做的这个举动深深地感动了。所以才会有“任是无情也动人”,从而表达他这种复杂的感动之情。而在这次抽签中,林黛玉是芙蓉签,薛宝钗是牡丹签,在芙蓉签上,注有:“自饮一杯,牡丹陪饮一杯”。为什么“芙蓉”要和“牡丹”一起喝呢?没有别的原因,就是在小说中,薛宝钗与林黛玉作为贾宝玉不同时期的知己,都代表了她们是贾宝玉的至爱。

《红楼梦》中薛宝钗和林黛玉分别代表空、色;薛宝钗代表了空的这一面,林黛玉代表了色的一面。小说把钗黛二人有机结合在一起,实际上向世人表明了贾宝玉被“空”和“色”两种力量争夺、吸引的过程和结局。所谓的“木石姻缘”,作者更多的是让读者追求和怀念理想中的爱情。所谓的“金玉姻缘”,作者是让大家回到现实中,看看生活的真实,理性思考生活的本质。所以,在小说中,所谓“木石前盟”承载了作者悲壮的情感,而“金玉良姻”则寄托了作者的至高的情感。正如林黛玉在《红楼梦》末尾表现出来的“情情”之情,她以为情情之感,就是儿女之情的情感,是尘世中普通的情感,所以说她一生都逃不出被情所困扰、深陷其中的命运。而薛宝钗看上去很无情的情感,不是真的无情,而是一种大爱之情。看上去无情之感,实际上是情感的制高点,令人感激涕零。所以说是“任是无情也动人”。

脂砚斋毫不含糊地指出:黛玉一生是聪明所误,宝玉是多事所误。林黛玉作为痴情女,感情厚重至深,这就是她“纯情”的一面。然而这样的情感,却是建立在占有欲的基础之上,它包括精神和肉体的双重的作用。她深爱着宝玉,但她却是自私的,她拒绝贾宝玉同别的像她一样的贵家小姐女孩独自接触,就是怕这些女孩威胁到她在贾宝玉心中的地位,毫不理会贾宝玉对其他女性博爱劳心的本性。她将贾宝玉当作自己的“知己”,幻想着实现“木石姻缘”的成就。薛宝钗具有道家“空”的一面。在前面细述中,我们也剖析了薛宝钗人物的性格。在小说中,多个事例反复印证了她本是一个淡泊名利、具备老庄道家气质的女子。从她身上,我们见到的是“清水出芙蓉,天然去雕饰”的美。例如第七回中,薛姨妈曾说自己的女儿薛宝钗不喜欢花儿粉儿,很古怪。脂砚斋立即批注云:“‘古怪’二字,正是宝卿身份。”薛宝钗的原住所名为蘅芷清芬,元妃省亲后,被赐名蘅芜苑。这蘅芷来自于南宋诗人史弥宁的诗句“蘼芜蘅芷逊孤芳”,而“清芬”则表达了她对自己身份的定位。在大家眼里,薛宝钗做事可谓八面玲珑、世故圆滑,但实际上,在关键时刻,她却能够勇敢坚持自己的个性,甚至不怕得罪家长的权威,能这样做的恰是薛宝钗。在红楼梦第二十二回中,元宵节贾元春出了灯谜让太监传至贾府,大家来猜,猜中的还有礼物,贾母也效仿元春让大家出灯谜,宝钗的灯谜是:“晓筹不用鸡人报,五夜无烦侍女添,焦首朝朝还暮暮,煎心日日复年年”,贾政听后感觉不祥,大为扫兴。第四十回贾母看到薛宝钗房间内布置得像雪洞一般忙说:“使不得。虽然他省事,倘或来一个亲戚,看着不像;二则年轻的姑娘们,房里这样素净,也忌讳。我们这老婆子,越发该住马圈去了。”在《红楼梦》第二十八回中,贾元春赏赐给大家的礼物,只有贾宝玉和薛宝钗是一样的,薛宝钗内心不仅没有惊喜,反倒觉得没意思。这是一种对世俗权威的藐视。薛宝钗的诗风和林黛玉的完全不同,这正如脂砚斋所说,薛宝钗诗句暗含着讥讽时事的成分。譬如,第十八回的《凝晖钟瑞》,在第三十八回的《白海棠咏》中,在第三十七回中的诗句“胭脂洗出秋阶影,冰雪招来露砌魂”,第三十八回的《螃蟹咏》,在第四十回的《牙牌令》中诗句“三山半落青天外”,在第五十回中的诗句“虽是半天风雨过,何曾闻得梵铃声”,在第四十回中的诗句“处处风波处处愁”,这些诗句中,都包含有讥讽时事、厌骂世俗的情绪。薛宝钗的“万缕千丝终不改,任他随聚随分”,“韶华休笑本无根,好风凭借力,送我上青云”,和陶渊明“横素波而傍流,干青云而直上”[①]如同师出一脉。所以说让人为之拍手称快,正所谓:“果然翻得好气力,自然是这首为尊!”正因为她淡泊名利、愤世出世,使得癞僧、跛道选中了她。《赏花时》和《寄生草》这两件事,都是明显的证据。在《红楼梦》神话结构分析中,黛玉有“西方灵河畔”的“绛珠”仙草的身份,而宝钗却没有这样显赫的神话来历,是处在凡尘中的女子,却能被癞僧、跛道选中成为助贾宝玉脱离凡尘,下决心重返大荒之人。她们历经的爱情与婚姻,也和人们所秉持的俗世的价值观一样,不是要满足自己的占有欲,而是成全对方,崇尚薛宝钗这种“香可冷得,天下一切无不可冷”的自我超越、无私奉献的牺牲精神。

林黛玉和宝钗分别代表“色”和“空”。林黛玉代表着“色”,而薛宝钗代表了“空”,而“色”是由“出世”指向“入世”,薛宝钗代表的“空”,由“入世”指向“出世”,“色”和贾宝玉的情痴相连,“空”和贾宝玉的悟道相通!通灵宝玉下凡人间,历劫磨难,因此前半生必然以林黛玉的“色”为伴,但又和薛宝钗真正结合,否则他后半生将深陷欲海,永远过着凡间生活,不可能实现由“入世”到“出世”的转变,除非贾宝玉和林黛玉也感情破裂,情断义绝,这显然不是作者的初衷。爱情如果离开了赖以生存的土壤,必将枯萎。所以爱情要接地气,要在俗世中开展,或者说爱情向婚姻的过渡应该怎么办呢?贾宝玉的感情必然要从林黛玉向薛宝钗过渡。贾宝玉对小说中女性都很好,只是和薛宝钗不和谐。但如果这些上升到出世角度和知己的大爱高度,我们称之为贾宝玉的情感B面,所有这些就全都反过来了:贾宝玉与薛宝钗的“不和

① 梁·萧统《陶渊明集》序。

谐”中就变成了“和谐”了。贾宝玉和薛宝钗外在形象上就很接近，他们有共同的愤恨世俗、超脱凡世的观念，他们可以仰望星空，视世俗的爱情观、占有欲于不顾，感情极致就变成毒瘤，让所有事物都变成冷物。而贾宝玉与林黛玉由于价值观不同，其深厚的情感表象中，暗含着深深的隔膜，所以互相爱慕，却不能相知相谅。“至颦儿于宝玉似近之至矣，却远之至也。”这正是“入世”与“出世”的表现。在贾宝玉身上刚好相反，此消彼长，由不契到契，这是不同心灵深度所造成的效果。“情迷”和“情悟”相比，前者初时有强大的吸引力，而后者则表现的持久与深刻，具有强大的坚韧性。正如智者老子的“牙”与“舌”比赛的例子：牙与舌相比，尽管牙更坚固，但迟至暮年时，舌还在而牙却不在了。宝玉的一生经历也和这一样。

从探究的角度，红楼梦这部经典巨作最本真和永恒的价值是什么呢？我们以为，它并不在于对封建主义的批判，也不在于对伟大的爱情的歌颂，而在于对“色空”思想的体现和宣扬。《红楼梦》中的“色空”理念，指的是大色空，是包罗万象的，凡指人间百态的世上的色和空。这其中包含宝、黛、钗“情感”的“色空”故事。元、迎、探、惜四春命运的“色空”故事，王熙凤权势的“色空”故事。秦可卿淫乱的“色空”故事等。都像是在红楼中做了个梦，所有的一切最终回归虚空，它是对深陷感情纠葛里的痴男怨女们的一声棒喝，它是对追逐功名富贵的仕子儒生们，敲响警钟，对所有的失意者提供超脱苦海的方法，对凡世间的寂寞孤独的人们提供了赖以解脱的精神家园。只有这样博大的胸怀和格局，才是经典中能跨越时空、跨越各种社会形态而光芒永驻的根源所在。

二、薛宝钗性格形成原因心理分析

薛宝钗的人物形象对今天的我们依旧具有重大启示和参考，这也是传统优秀文化带给我们的持久魅力。

薛宝钗魅力人格的成因一方面来自她自带的基因，薛家祖上也是书香门第，后来渐渐变成了皇商，薛宝钗的父亲是一个威严有亲的人，他爱薛宝钗胜过了爱薛蟠，从这点可以推断，薛宝钗的父亲也像贾宝玉一样内心是具有着男女平等的思想在里边，他博览群书，家里的藏书甚多，既有正规的也有很多杂书，所以小小的薛宝钗才能在很小的年级就读了杂书《西厢记》等，父亲发现后就对薛宝钗进行了教育。因为博学的父亲知道小孩子根据年龄特点要针对性地进行教育，要树立规则意识。所以童年期的薛宝钗受父亲的影响很深。薛宝钗有一个春风化雨般性情温和学识渊博、守规矩懂教育的父亲，薛宝钗身上天生具有亲和力的部分一半就来自父亲。再看薛宝钗的母亲薛姨妈，她是一个不问世事的贵妇，没脾气，性格也是相当温和。所以薛宝钗天生就具有亲和力。

其次，父亲还在世时薛宝钗在父母的爱护下过着无忧无虑的生活，但她刚刚懂事父亲就去世了，哥哥顽劣无能，大字不识几个。薛家的各种生意买卖的负责人、伙计看到薛家剩下的孤儿寡母，尤其是不成器的薛蟠，便都开始打捞油水，欺上瞒下，很快生意就渐渐没落，哥哥什么都不懂一问三不知，妈妈也只知道唉声叹气，没有能力掌管生意，强烈的生存意识使得薛宝钗迅速成长，一开始她只想为母亲分忧，放弃读书练字一心帮着母亲做针黹家计等事，渐渐介入家庭生意之事，发现了生意的漏洞，慢慢担起了理家重任，这也使得小小年纪的薛宝钗迅速成长起来。薛家是皇商，中国自古以来就重农抑商，薛家虽然有钱，但在社会上没有身份地位。凡人都想追求“大富大贵”（“大富大贵”指的是财富和权力）。薛家由于经商，拥有大量财富，但是没有仕途之人，掌握不了权力，所以不“贵”。因此薛宝钗为了保障自家生意后，又开始想带领家族走上富贵的路，冷静分析之后她得出了结论，女孩子要想成就一份事业，必须通过婚姻来实现，所以她的第一个目标就是成为皇帝身边的人，入宫待选，可惜因为家庭身份不够，出身皇商，所以她落选了。第二个目标就是贾宝玉，她也看到宝黛的爱情，但是她想既然一个未娶，一个未嫁，她也想努力争取一下。“金玉良缘”之说可能是薛姨妈和王夫人散布出去的，也可能是和尚的话,但薛宝钗很接受这个说法,这其实就是薛宝钗在争取自己婚姻所做努力的第一步:心理暗示。第二步薛宝钗发挥自己的特长,利用人际关系为自己赢得好人缘。对待平辈,她体贴入微,关怀备至。对待下人,也是随分从时,得下人之心。连赵姨娘都受宠若惊,称颂不已。第五十六回和探春、李纨一起理家时,她展露了自己管理家产的能力。通过以上这些行为,她得到了贾府上下的普遍认可。然而在对待贾宝玉态度上,她采用的方法是若即若离。她很清楚宝黛二人真心相爱,更明白这二人是"情痴"之人,但在当时社会中,她更深知在当时那个年代婚姻的关键是长辈的态度,因此不管宝黛怎样相爱,她都视而不见,毫不在意。她有着自己的规划和目标,并坚定地朝着这个目标前行。所以目标性是成功人士必备的条件,哈佛大学曾经对自己的毕业生做过一项调研,凡是有目标的学生毕业后薪水普遍比没有目标的要高,目标越明确薪水也越高。薛宝钗的这种能力来自于薛父早逝造成的"生存竞争",这也是薛宝钗性格形成的原因。

最后,社会环境。薛宝钗家做的是皇商生意,要和皇亲国戚打交道,封建社会皇帝是掌握着全民的生杀大权,君叫臣死,臣不得不死,整个国家都是皇帝家的,全民都是给皇帝家打工的。所以和皇帝家做生意那真的要时时留心,步步在意,一不小心,脑袋都要搬家。所以这也练就了宝钗身上的另一个品质特点:事不关己不张口,一问摇头三不知。这其实是一种自我保护。但时间长了就会内化为自己性格的一部分,从而也形成了她敏言慎行的性格特点。

父亲早逝这件事可以看作是一种"精神创伤",这样的打击即使成年人也非常痛苦,经受精神创伤的每个人都有自己疗伤的方法,有的人从此萎靡不振,破罐子破摔。而薛宝钗采用的疗伤方法是通过移情经营薛家的方法,专注于父亲曾经的事业。在她的性格中,已展现出了男子汉气质的一面:勇敢、理性、坚强、拼搏。她不仅对生活一直保持着清醒理智,积极向上的务实精神,而且还拥有着对环境的忍耐力,对痛苦的承受力和良好的情绪管理的控制力。

薛宝钗从一个天真无邪的小女孩蜕变为极具人格魅力的精通人性的女孩子,她的心理一定要经历对原始欲望的抑制部分,或者说是压抑自己本能欲望的部分,压抑是精神分析的基本概念。心理学之父弗洛伊德把人的意识比喻为一座冰山,这座冰山分为三部分:意识、前意识、潜意识,暴露在海平面上面的很小的山尖部分是人的意识部分,而庞大的位于海平面以下看不到的部分是我们的潜意识部分,潜意识指的是人原始本能冲动和出生后的被压抑的欲望。正是这看不到的潜意识部分其实在支配着我们的心理和行为。潜意识、前意识的信息在进入到我们意识之中的时候要经历审查,所有被我们内心允许的信息才会进入我们的意识,潜意识的信息早于意识,潜意识里面包含所有被我们压抑下来的欲望。薛宝钗对天性的压抑有很多表现,作为女孩子她不爱穿衣打扮,家里富可敌国,可她的日常吃穿用度都是半旧之物,住所也是相当朴素。纯真的爱情是人人向往的、人间最美好的情感,然而她追求爱情方式是压抑的,她对待宝玉的爱情态度,也总是若即若离的,只是偶尔会流露一下但很快就复归自然。第二十七回"滴翠亭杨妃戏彩蝶"是《红楼梦》中非常唯美的意境之一,也是唯一一次看到薛宝钗身上的女孩情趣,芒种节那天,众姐妹齐聚园内。薛宝钗去找林黛玉,走到潇湘馆门口外看到贾宝玉进去了,她便转身折了回来,途中看见一双大蝴蝶,她就去追着这只蝴蝶,一边追,一边用扇子扑。薛宝钗一直在用外在的理性和学识去压抑自己原始作为人的欲望的部分,但这些被压抑的部分还是偶尔会流露出来。弗洛伊德通过对说错话、读错字、遗忘和写错字等这些日常生活的行为的观察,发现这些行为背后都有含义,都藏着我们内心的真实需求,但这些需求因为被我们深深地压抑到潜意识中去而不被我们察觉。他认为过失行为是潜意识在身体中的作用,是身体的真实语言。薛宝钗扑蝶还听到了小红的秘密,谁知小红很精明,突然开窗看看有没有被人偷听,结果一开窗就看到了薛宝钗,这时薛宝钗情急之下忙喊颦儿,脱口而出嫁祸林黛玉这一过失行为，恰恰是表露了其内心一直被压抑在潜意识系统或许她自己也不曾意识到对林黛玉的嫉妒或醋意。

综上可知，薛宝钗的人格形成是受多种因素的影响，其中有来自遗传方面的，也有来自家庭教养方面的，还有就是自己生活的复杂的家庭环境和社会环境。这其中家庭变故是其性格成因的重要影响因素。她的身上承载了我们对完美女性的设想：知书达理、识大体、有智慧、有才干。她的身上也有对自我原始欲望深深压抑的部分，换句话说，如果我们想成为这样具有人格魅力的人，恐怕我们也要像薛宝钗这样要能很好管理自己欲望的部分。

三、薛宝钗人物心理分析带给我们的启示与思考

（一）情商的精髓是什么

20 世纪 90 年代，美国著名的心理学家梅耶和萨洛维教授，在他们综合整理了情绪心理学和认知心理学等多学科的成果后，第一次提出情绪智力的概念。萨洛维认为情绪智力主要包含识别他人的情绪，自我激励、管理自己的情绪，了解自我情绪、处理人际关系等五个方面。也有人把情绪智理解为情商，其实这两个概念之间存在很大差异，情商（EQ）主要包括人的意志力、情绪、耐挫力、情感等方面的品质。在《红楼梦》中，宝钗的高情商主要体现在以下几个方面：首先是对自己的情绪有良好把握；其次能管理好自己的情绪；最后是对他人的情绪有良好把握。

总的来说，充分了解和感受到自己的情绪，以及情绪带来的身体感受，看清自己情绪背后，所反映出来的真实的心理需求，在理性基础上，以达成目的为目标，合理控制和管理好自己的情绪，不被自己的负面情绪所控制，在积极情绪的引导下，避免做出极其冲动的举动。另外，还要培养自己积极乐观的人格品质，提升主观幸福感，保持健康的心理状态。

要把握好他人的情绪,应采用换位思考的方式,以与他人共感情作为基础,真诚对待对方,通过设身处地的体察,尽量深入到他人的内心去感受,做到思维并轨,情感上的感同身受。

(二)宝钗是怎样感知他人的情绪

在《红楼梦》第二十二回中,薛宝钗过生日,贾母特意出了二十两银子,为她请了外面的人来庆贺生日,还请来戏班助兴,薛宝钗会考虑到贾母的岁数和身体状况以及心理需求,贾母是老年人,牙口不好爱吃甜烂之食,老年人害怕孤独和孤单,喜欢热闹,为使贾母高兴,薛宝钗专门点了热闹的戏文,如《西游记》中的猴儿戏。

在《红楼梦》第三十二、三十三回中描述道:在王夫人假装睡觉时,看见宝玉和丫鬟金钏儿打闹调笑,她给金钏儿一记耳光,并要将金钏儿逐出贾府。金钏儿感到非常羞辱和愤恨,最后自己投井自尽了。金钏儿之死对贾府来说是大事情,贾政听说后连说他们这样家庭从没发生过这样的事情,还把贾宝玉打个半死。王夫人内心当然是非常歉疚的,薛宝钗听说这事后,宽慰王夫人说:“姨娘是慈善人,固然这么想。依我看来,她并不是赌气投井。多半她下去住着,或是在井跟前憨玩,失了脚掉下去的。他在上头拘束惯了,这一出去,自然要到各处去玩玩逛逛,岂有这样大气的理!纵然有这样的大气,也不过是个糊涂人,也不为可惜。”

《红楼梦》第三十二回中写道,史湘云把薛宝钗作为知己,家里的事都告知薛宝钗,当袭人想找史湘云做针线活时,她及时劝止了她。“那云丫头在家里竟一会儿做不得主,在家里做活做到三更天”,宝钗更是主动把活儿接了过去。

《红楼梦》第三十八回湘云要请客做东,薛宝钗了解她的难处,替她筹划分忧,调动自家所有资源全程帮她。心直口快的史湘云自是感动佩服,极赞她想得周到。由此可见,薛宝钗在善解人意这方面,真是做到了极致。

《红楼梦》五十七回中，在寒冬季节，薛宝钗发现邢岫烟依然穿着单衣，就很关怀她，问她为什么会发生这样的事。当她知道邢岫烟因为没有钱，把棉衣给当了时，对她说："你且回去把那当票叫丫头送来，我那里悄悄地取出来，晚上再悄悄送给你去，早晚好穿，不然风扇了事大。"薛宝钗静静地取，静静地送都暗含她在帮助别人的时候不忘记照顾他人的自尊，这样的关怀、关心和体恤，令寄人篱下的邢岫烟感到无比的暖意，之后薛宝钗还默默地给了她很多救济。

《红楼梦》第六十回中，薛蟠把从江南带回来的东西，给了薛宝钗，这些东西她都分给了其他人，其中有众姐妹们的，甚至连贾环都分了。正因为此事，贾环的母亲赵姨娘非常感激她，薛宝钗连大家都讨厌的赵姨娘的情绪都照顾到了。

总之，薛宝钗良好的为人处世能力，离不开她对别人情绪的体察和共感能力。她能设身处地为他人着想。探春理家时薛宝钗表现出过人的管理才能，也离不开她对别人的同理心。她提出的凡管理花果所得收入，除供应公用以外，多余的归自己所有，但同时也要兼顾园子其他婆子媳妇们，拿出来部分给他们也分一些。所有人的利益都照顾到了，自然是皆大欢喜，小的恩惠既顾全大体，又体恤安抚了所有人。

下面我们分析下，薛宝钗是怎样管理好自己情绪的。

一个人只有善于感知他人的情绪变化，才能够有效地把握管理自己的情绪。正如脂批所说：在待人接物时，要保持不亲近不疏远，不远离也不靠近，令人讨厌的人也看不出你冷淡的态度，令人喜欢的人也看不出浓浓的爱意。

《红楼梦》第八回中，在梨香院时，黛玉进门就说了句："哎哟，我来的真是不凑巧。"薛宝钗回答道："我不理解你为什么这么说。"林黛玉笑着回答道："大家应该相互错开来……这样的话不是天天有人来了？总不至于有时太冷清，有的时候又太热闹了。这样说，难道姐姐还不理解我的意思吗？"发现林黛玉和自己开玩笑，薛宝钗依然假装不懂，很好地控制住了自己的情绪，防止了冲突的发生。

《红楼梦》第二十九回中，贾母因为看到有个用赤金点缀的麒麟，随口说在哪里见过，薛宝钗笑着回答道："以前史大妹妹就有一个，只是比这个小点。"贾母再回答道："原来是云儿有这个呀。"贾宝玉问道："他在我们家住这么长时间，我怎么也没看见。"探春笑着回答道："还是宝姐姐有心记，不管是什么，她都能记住。"林黛玉冷笑着说道："她在别的上也不上心，只有在这件事非常的留心而已。"薛宝钗假装没听见林黛玉的话，从而默默地化解了彼此间的尴尬。

《红楼梦》第三十五回中，薛宝钗劝诫贾宝玉，要读书考取功名，做一个真正的君子，才能在社会中立足，将来才能有所成就。然而使贾宝玉对她产生了误解，由于贾宝玉的不理解，她便不再提起功名之事，维持了和贾宝玉之间融洽的关系。

薛宝钗虽聪明过人，体察一切，但大多数情况下，都假装糊涂，或是选择退让的方式。用这种以情动人、以柔克刚的方式，才使林黛玉最终放下对她的警戒心，不至于反生冲突，友好相处。

薛宝钗的性格和做人，一方面是善解人意，另一方面是懂得进退自如，这才是超一流的情商的高手。实际上，假设薛宝钗能够嫁给贾琏的话，一定能帮助贾琏，从而振兴荣国府，假设薛宝钗能够嫁给贾珍的话，也一定会帮助他，振兴宁国府。非常可惜的是，贾宝玉不仅愤世嫉俗、更是迷魂心窍，这样不但辜负了薛宝钗的一番心意，更错过了大好时光，最终导致她只有等到守活寡以后，才换来了"兰桂齐芳"的大好结局(暗指李纨之子贾兰与薛宝钗之子贾桂会振兴荣国府)。

(三)如何成为高情商的人

在现代社会中，人不仅要有智商，而且要有情商。因为情商是个人生存能力的表现，代表着一个人能否很好地适应社会，能否拥有家庭的幸福，能否获得事业的成功。那怎样才能让自己变成一个高情商的人呢?

1. 体察自己的情绪

俗话说,知己知彼,百战不殆。一个人应有敏锐体察自己情绪的能力,通过体察自己的情绪,从而合理解释和评价已经发生的事件,以便能了解自我情绪根源,控制好自己的情绪。

2. 管好自己的情绪

从理论上讲,情绪也是一种能量,要学会积极主动地寻找能量宣泄的方法,以不伤害自己及他人为原则,学会和负面情绪相处的,并能做好情绪的转化。

3. 感知他人的情绪

用细致的观察力去感知别人情绪的变化,情绪的变化可以通过面部表情,语态表情和肢体语言来呈现。通过他人细微的变化感知对方的心理活动做出恰当应对。

4. 理解他人的情绪

我们站在对方的立场上,通过换位思考,设身处地地替对方着想。避免以自我为中心和自以为是。毕竟我们不是别人,不能站在自己的立场上揣摩对方。

第四节　尤二姐——心存侥幸的"杨花"

尤二姐是宁国府贾珍妻子尤氏的二妹妹,和三妹尤三姐一起被称为"二尤",被纳入《红楼梦》金陵十二钗副册人物的行列。因为尤二姐长得标致,像花一样的肚肠、像雪一样的肌肤,比王熙凤还要俊巧,性格温柔又讨人喜欢,在贾府当中,先是贾珍、贾蓉父子,后来是贾琏,最后尤二姐选择了贾琏作为最终着落,没有想到最终结局只能是饮恨吞金,自杀身亡。

一、尤二姐言语及行为的描写

清代红学家求诸联对尤二姐的评价是：如果用花来比喻的话，尤二姐可以比喻成杨花。的确，尤二姐是个水性杨花的女人。很多读者可能也会有这样的共识。在《红楼梦》第六十三回，宁国府贾珍的父亲去世，贾珍贾蓉父子俩忙着操办葬礼，因为事务繁多尤氏忙不过来，就把尤老娘连同尤二姐、尤三姐一同接过来帮忙。当听说尤氏姐妹来到了家里后，在家庙的贾珍父子表现得极为兴奋，贾蓉知道这事后，高兴得满脸笑容，贾珍也急忙表态连说几声妥当，行为上表现得迫不及待，作者用了“连夜换马飞驰”来描写。从贾珍父子的语言和行为的表现可以推测出他们和尤氏姐妹之间存在暧昧关系，这两姐妹早已成为他们父子的囊中之物。贾蓉回到家，见到尤二姐后，就嘻笑着对尤二姐说：二姨娘，你又来了，我们父亲正想你呢。尤二姐不好意思地红着脸，边骂着贾蓉，一边顺手拿起一个熨斗搂头就打，贾蓉被吓得抱着头，滚到尤二姐的怀里，乞求饶恕。紧接着他就和二姐，争抢吃的东西，尤二姐生气地嚼了一嘴渣子，吐在他的脸上，然而贾蓉不生气，反而用舌头舔着，都吃了。贾蓉与尤二姐的所作所为，连身边伺候的丫鬟都看不过去。接着贾蓉想留尤老娘他们多住些日子时，尤二姐咬着牙，笑眯眯地骂道：“很会嚼舌头的猴儿崽子，留下我们给你爹作娘不成！”，通过上述贾蓉和尤二姐的互动可以看出，尤二姐很懂得如何通过打情骂俏取悦男人。

尤二姐长得很标致，性格温婉，柔媚多情，表面上她是来宁国府做客，她的姐姐是宁国府掌门人贾珍的妻子，但是在重视血缘关系、门第观念的贾府主子眼中她们只是外人，不是客人，也不亲戚，是被视作为一种特殊的存在，是异类，是专供他们取乐的尤物，其处境可想而知，连贾府的大丫头都比不上。所以作者给她们取名尤氏。因容貌可人，便也成了她们生存的手段，父亲去世后，尤老娘带着两个女儿改嫁给尤氏的父亲，后来尤氏的父亲也去世了，生活上彻底失去依靠的母女三人便想到投奔姐姐尤氏，贾珍的为人，尤氏最为清楚不过，但她还是把这两姐妹带到了魔窟。受到贾珍接济的姐妹自然而然成为了他们眼里的粉头专供取乐。

凭借尤二姐美丽的容貌和温文尔雅的性格，本应该能得到很好的结果，可是在历经生活的挫折和磨难后，却要靠着年轻美貌去取悦贾珍父子，成为了男人们的"尤物"，让人可惜的是，还被其他的女人嫉妒和仇恨。

二、尤二姐性格形成原因心理分析

尤氏两姐妹与贾珍的妻子尤氏根本没有任何血缘的关系，且她们也不是贾府的主子。在《红楼梦》第六十八回中，王熙凤撒泼宁国府的时候，用手指着尤氏，大骂道："你们尤家的丫头，在外面没人要了，都只有偷着，送到贾家来了。"由此可见，尤氏姐妹在贾府是不被喜欢，没人把她们当回事，她们是不被尊重的。

尤二姐的生存境遇也像杨花一样，随风飘落，当周围出现一些富家权贵公子因贪恋她的美色而接近她时，她也迫切想找到一个能够安心依托的人，从而来帮助她脱离在贾府的困局，恰巧在这时候，贾琏出现在她面前了。因为贾琏在荣国府身份、地位都很高贵，且是正妻生的儿子，另外与贾珍父子对尤二姐的调戏相比，贾琏一般不敢轻举妄动，比贾珍父子人品要好得多。同时，贾琏和王熙凤还没有儿子，她幻想着她给贾琏生个儿子，等生米煮成熟饭的时候，她就能顺理成章地成为贵妇人，心里怀着可能带来富足和安乐的期盼，使得尤二姐牢牢抓住了贾琏这棵稻草，心存侥幸，慢慢踏进了深渊。

心怀侥幸的人一般都想不努力靠投机取巧得到好的运气，甚至是想靠某些神秘力量的护佑，逢凶化吉、遇事呈祥。侥幸心理其实也有利有弊。侥幸心理是在人们遇到困难或危机时，所产生的一种恐慌、失落或焦虑等的消极情绪。它的积极作用是让人能够乐观地面对生活，对未来抱有希望，是一种自我安慰。可以说侥幸心理在自我情绪的管理中具有一定积极意义。但回到现实的生活中，我们也要记住天下没有免费的午餐，凡事都要脚踏实地，努力拼搏奋斗，幸福是奋斗得来的。不然我们躺在床上天天幻想，这样侥幸心理就会像麻醉剂一样，使人对未来产生幻想，脱离实际生活在虚幻的世界。

尤二姐正就是抱着这种侥幸的心理和贾琏进行交往，首先，明明知道贾琏的妻子王熙凤非常厉害，自己根本不是她的对手，而毅然地选择了明知不可为而为之的事情。其次，对自己与尤二姐感情，贾琏也同样心存侥幸，他早就听说了，尤二姐与贾珍父子厮混的事情，但贾琏对这件事，他只是笑着和尤二姐说道："你放心，我不是那种喜欢吃醋的人。你前面所有的事，我都知道，你也不用瞒着。现在你跟了我以后，在我面前就要管好自己了。"贾琏说的这番话，使尤二姐非常感动，她错误地认为，贾琏是个有情义的男人，也是真的爱自己。但她忘记了贾琏也是好色之徒，在《红楼梦》第六十九回中，贾赦把自己的丫鬟秋桐赏给贾琏当妾后，这对男女如漆似胶，干柴烈火。贾琏早就把尤二姐抛之脑后。

再者，尤二姐对于进入贾府，给贾琏做妾仍心存侥幸，她以为自己到了贾府，如果能顺利生下儿子，就能获得贾府认可，赢得她主人的身份。在《红楼梦》第六十四回、六十五回中，可她哪里知道这只是王熙凤对付她的手段，第一步先把她骗到自己身边，好在眼皮子底下监督她和贾琏的一举一动。第二安排心腹对尤二姐实施身体上的打击。第三安排秋桐对尤二姐实施心理层面的打击，因为在宁国府待过，和贾珍父子苟且过，这在当时是被视为不洁女子对待的，当然也是尤二姐最在意、最担心、最害怕被人知道的事情。第四步打掉尤二姐所有的希望，尤二姐怀孕后安排医生给尤二姐瞧病，本应保胎结果她让医生给她开堕胎药活生生把一个已经成型的男胎打掉了。自此尤二姐所有的希望都破灭后，终于不再抱有侥幸，心灰意冷之下，含恨吞金，以自杀的方式，结束了自己年轻的生命。

关于尤二姐的死，尽管是阴狠毒辣的凤姐和无情无义的贾琏造成的，但其实是尤二姐心存侥幸所带来的必然后果。尤二姐侥幸心理的养成与她的家庭教育密切相关，尤二姐的妈妈尤老娘是女儿直接效仿的对象，第一任丈夫死后她解决问题的方法就是改嫁，改嫁在当时也是非常大胆的做法，当然也会被别人看不起，而且她是带着女儿改嫁，这样的做法在当时其实对女儿来说是非常危险的，但尤老娘不以为然，她觉得如果能靠取悦男人讨生活相比自己带着女儿艰难度日会好些，这点与同样也是寡妇、靠自食其力生活的刘姥姥形成十分鲜明的对比。所以尤二姐就从母亲身上学习到了这样的生存技能。尤二姐原本已经许配给了张华，只是听到人家家道中落以后，便提出了退婚，盲目的攀附权贵也最终把自己送上了不归路。

尤二姐的悲剧应使人警醒。既有主观原因也有客观原因，但罪魁祸首还是家庭环境。

三、尤二姐人物命运走向带给我们的启示与思考

伴随着经济的发展，人们的生活越来越好，俗话说饱暖思淫欲，所以美色诱惑也会随即增多，“婚外情”已越来越成为人们讨论的热门话题。有的人是为了释放激情，有的人是为了面子，成功的男青年想要找肤白貌美、有才华的女性，年轻美貌的女性也想找要事业有成的男性作为依靠，不是以利益交换形式结合，就是贪图、留恋相互温情。在很多时候，相对于女性来讲，“婚外情”行为目的就是用青春换取金钱的一种交易，即使是能够产生很深感情，也很难修成正果，结局只能是落得钱财两空的下场。总之，“婚外情”看起来好像充满了诱惑力，其中却暗含着很多陷阱，最可能的结果是，既失去了自己的尊严，又白白地搭上了自己的感情。

(一)通过相互加深了解——做到知己知彼

大多数女性在碰到自己认可的感情的时候,往往会一厢情愿地付出感情,同时希望自己付出的真情也会换来对方的以诚相待,最终能有美好的未来和归宿。这些都是对的,但前提是在充分了解对方的情况,包括对方的性格和婚姻状况等后,再决定让自己投入深感情,否则有些人有可能在不知不觉之中,变成了他人婚姻的第三者,深深陷入感情后,才发觉本意并不是这样,但也已经难以自拔。

(二)追求感性——保持理性

一旦坠入爱河,人们会更多依赖感性行事,感性压倒理性,不经过深入思考而轻而易举地相信对方,一叶障目不见森林,即便有片刻怀疑也宁愿相信自己的选择是对的。结果往往连后悔都来不及。因此面对已婚男人在激情之下的海誓山盟、甜言蜜语,或者是调情高手的欺骗性手段,一定要保持足够的理性和警惕,不轻信。

(三)广泛收集信息——拒绝轻信

对于那些想或者深陷情感纠纷中的女性来说,那些已经结过婚的男性深知离婚最终会造成很大经济损失,他们想要的只是一时的激情,不会轻易给你任何承诺,更不敢有离婚的行动,这也是人们习惯于保守的现状的本能特性导致的。既然没有答应你什么,或者答应了,没有任何行动,这就是他根本不想对这段感情负责。

(四)做自己生命的主人

对于爱情和生命,男人和女人不同。男人可以将爱情与生命分开,而女人相反,她们往往是更执着于爱情之中,通过沉迷于与另一个男人相处的方式中,以此来实现自己最高的生存价值。而这样的态度有很多时候会让女性陷入绝境,自己对自己无能为力。所以女人也要以强者的态度去体验爱情,直面爱情带来的各种问题和挑战,不逃避自我,不贬低自我,要确定自我想要的是什么。女人应该直面现实,找到自己存在的意义,而不应该把爱情作为单一途径来实现自我生命价值。女人在爱情中也要占据主导,明白自己是什么样的人,要做什么,反思自己生存的使命和存在的目的与意义。这些应是女人要独立面对的,而不是用爱情的手段,去叩问人生意义。女性要有自己的追求,并成为自己追求的主人而非附属品;要用积极的心态,去品味生活中的酸甜苦辣,但一定不能在这个过程中,把自己淹没在其中。

当我们能这样做时,爱情非但不会成为生命中的危机,而且还会成为生命的动力源泉,只有这样,爱情才会在女性中以最动人的形式体现出来,才会给家庭、社会带来和煦的光明和温暖。

第五节　尤三姐——刚烈泼辣奇女子

尤三姐是尤二姐的妹妹,与姐姐并称红楼“二尤”。两人也真是一对尤物:一个生得千娇百媚,一个生得光艳夺目,招来了贾府中先前是贾政、贾蓉后来是贾琏等这些吃酒好色之人的垂情爱涎。三姐的美体现在色“绝”和性“烈”两个方面,相比尤二姐的懦弱,尤三姐表现得果敢泼辣。

一、尤三姐的言语及行为描写

尤二姐、尤三姐虽是姐妹,性格却截然不同,但最后的结局都是一样,都是以自杀的方式,结束了自己年轻的生命。尤二姐依靠其温柔与美色,获得了贾琏的心,因为侥幸心理一步步落入王熙凤精心编织的骗局。而尤三姐在面对贾府的酒色之徒时,丝毫不掩饰她的刚烈,你既要占我美色的便宜,我既然逃不脱那就明着来。尤三姐性格的刚烈主要体现在当贾珍贾琏调戏她时,遭到她猛烈的反击。在《红楼梦》第六十回中,有关贾琏和尤二姐发生的事,尤三姐心里非常清楚,当贾琏想调戏她,她对贾琏说:“你不用和我花马吊嘴的,清水下杂面,你吃我看见。见提着影戏人子上场,好歹别戳破这层纸儿。你别油蒙了心,打量我不知道你府上的事。这会子花了几个臭钱,你们哥儿俩拿着我们姐儿两个权当粉头来取乐儿,你们就打错了算盘了。”尤三姐大声斥责贾琏之外,还告诉贾琏,如果敢欺负自己的姐姐,她可不怕什么王熙凤,她会找她去拼命,吓得贾琏只是求饶。之后尤三姐更是不等贾琏的挑逗,说不就是喝酒吗,自己直接喝了半杯酒,然后搂过贾琏的脖子来灌,这一举动直接把贾琏的酒吓醒了,就连风月场中的老手贾珍也被镇住了,就想溜走,尤三姐哪里肯放,“松开头发,解开衣襟,柳眉笼翠雾,一双秋水眼,檀口点丹砂,越发显得淫浪。贾珍从没见过有此绰约风流者,禁不住上手招惹,一下子被尤三姐禁住。”尤三姐判断二人不过是酒色二字而已。抓住了这些公子哥的弱点后,便丝毫不把这些酒色之徒放在眼里,戏耍报复,把他们玩弄于股掌之中。略有丫鬟婆娘不到之处,她便将他们泼声厉言痛骂,说他们诓骗了她们寡妇孤女。尤三姐本来长得标致风流,还故意打扮得出众,逗得这些男人欲近不能,欲远不舍,迷离颠倒,丑态百出。她还对劝她的母亲和姐姐说:“姐姐糊涂,咱们金玉一般的人,白叫这两个现世宝玷污了去,也算无能。而且他家里有一个极厉害的女人,如今瞒着他不知,咱们方安。倘一日他知道了,岂有干休之理,势必一场大闹,不知谁生谁死。趁如今我不拿他们取乐作践准折,到那时白落个臭名,后悔不及。”由此可见,尤三姐非常清楚自己和姐姐的处境,也非常了解贾珍、贾蓉、贾琏的心理,所以她明着来明着去,与其被动地让他们取乐,不如也拿他们取乐,尤三姐有勇有谋看得透做得出。除此以外她还天天挑吃拣穿,索要金银钱财,“有了珠子,又要宝石;吃的肥鹅,又宰肥鸭。或不称心,连桌一推;衣裳不如意,不论绫缎新整,便用剪刀剪碎,撕一条,骂一句。究竟贾珍等何曾随意了一日,反花了许多昧心钱。"尤三姐像这样反复折腾,贾珍彻底让她给折腾得服了。

尤三姐的勇敢在于她不逆来顺受,敢于反抗和报复贾珍、贾蓉父子和贾琏的玩弄。尤三姐的勇敢还表现在她对待自己爱情的态度,当尤二姐在侥幸心理的作祟下认为可以和贾琏过上幸福生活的时候,她也不想妹妹在和他们这样闹下去,所以就想找个人家把妹妹嫁出去,可是三姐一听,坚决反对他们的安排,她自己的婚姻大事要自己做主,要嫁就嫁称心如意的,不然即便"对方貌比潘安、富比石崇、才过子建"她也不乐意。尤三姐的泼辣大胆,自我觉醒意识在《红楼梦》树起了一面独特的旗帜,她面对压迫,敢于挑衅男性的权威,面对婚姻,敢于提出了婚姻自由的要求。通过这些描述,作者对尤三姐作出"刚"的评价。

在心理学上,刚烈性格的人往往都有极强的做事原则,个性也非常强。刚烈的反面就是鲁莽的、冲动的、做事的方式,这方面假如超过某个界限,反而会形成人格的障碍。因此刚烈型人格障碍症状,突出表现在以下几个方面。

情绪反复无常、急躁易怒。

固执己见、坚持原则,丝毫不肯做出牺牲和让步。

坚持己见,做事不考虑后果。

行动鲁莽,做事生硬,有强烈的攻击倾向。

事前会有强烈的紧张感,事后内心会有愉快感,对他人造成的伤害行为毫无愧疚感、罪恶感。

在与人交往时,以自我为中心,容易和他人产生冲突,处理事情,缺乏灵活度。心理学研究表明,性格刚烈的人,常常缺乏自信,在冲动和极端行为背后,隐藏着的是自我的保护手段。如果从精神分析的角度来看,这种冲动行为它本身就是一种心理补偿机制的体现,面对突发、难以应对的事件时,个体可以通过情绪失控获取反抗的快感来减轻内心的痛苦。

二、尤三姐刚烈性格心理分析

尤三姐表现出的性格泼辣、勇敢,面对男性的玩弄敢于反抗,敢于追求自己的爱情的婚姻。她的性格中有勇敢刚烈的一面。

她令身边拿她取乐的贾府男子毫无招架之力,尽管深陷泥潭,她也在积极地为自己争取生存的空间,也在努力追求自己的幸福。五年前在姥姥的家宴上对仅有一面之缘的柳湘莲情有独钟,回到家念念不忘,当母亲和姐姐要给自己说亲时,她才告诉她们自己的选择。后在贾琏的说和下柳湘莲答应了这门亲事并把一对雌雄剑作为定情信物转交尤三姐保存。尤三姐自此就开始洁身自好,再也不去招惹那些酒色之徒,她觉得只要自己改邪归正做好自己就够了,谁知人言可畏。尽管柳湘莲成天浪迹天涯,混迹江湖,潇洒豪放,但其实他还是一个很在意世俗看法的人。尽管已经定亲但是有些不放心,所以主动跟他的好朋友贾宝玉问起尤三姐,谁知宝玉口无遮拦,说尤三姐来过宁国府住过一段日子,他不仅知道还见过。柳湘莲太了解宁国府了,认为只要是在宁国府待过便没有干净的女孩子,所以他执意退亲,尤三姐听到后,不能接受这样的结果,情急之下,拔剑自刎倒在了柳湘莲的面前。最后落得"揉碎桃花红满地,玉山倾倒再难扶"的结局,鸳鸯剑最终结果是"亡命鸳鸯",而不能变成幸福伉俪。湘莲感慨尤三姐情谊之深,遁入空门,随了道士而去。

尤三姐面对贾珍等人的轻薄和威逼时,可以冷眼相对,但是当柳湘莲对她怀疑与轻视时,却没有办法接受。尤三姐自刎殉情与她的刚烈人格有关。尤三姐的人格形成一方面来自她的家庭。尤三姐的父亲早早去世,母亲贪图享乐,不断改嫁,姐姐懦弱,动荡的家庭变化会让尤三姐心理极其缺乏安全感,所以她慢慢形成刚性外表去保护自己、保护家人。

另一方面是所处的社会环境——严重的重男轻女和宗法血亲制度。尽管她因为身份卑微沦为男人们取乐的工具心有不甘,但她找不到更好的办法去改变现状。只能破罐破摔以死抗争,一次次把自己逼入了绝境。

尤三姐的心理刚烈有余,却压弹不足,压弹泛指以个人在面对生活悲剧、逆境、创伤、威胁,以及其他生活中较大的压力事件时的一种反应。压弹理论和弹簧理论道理一样,就是当物体承受压力过重时,弹簧会因为承受压力过大,而产生变形,进而失去作用。在现实生活的方方面面,压弹始终存在,也包括爱情。什么才是正常的爱情压弹能力呢?它泛指一个人在面对爱情情感挫折的时候,能正确评估爱情所带来的负面情绪体验,并能找到有效的应对方法,从消极的情绪中走出来,激发内在的潜能,进行自我升华与完善。

三、尤三姐人物心理分析带给我们的启示与思考

现在工作中提倡男女相互配合,工作效率更高,其中,性骚扰是最让女性气愤的,但有时又是无可奈何的问题。面对那些好色的上司或同事,她们总感觉两难,无所事事。一方面考虑到自己的名誉问题与合理处理人际的关系问题,而另一方面也会考虑到彼此今后的合作,以及对工作的影响,再加上很难拿出有力证据证明,所以女性很难彻底采取有效的应对措施,甚至是付诸法律的行动。那对于女性而言,怎样处理好职场关系拒绝被骚扰呢?

(一)勇敢灵活应对

如果只是一些口头性的性骚扰,可以学学尤三姐的言语风格直面应对,也可以采取回避态度,或者以幽默化解。对于那些好色的强势上司,首先要坦诚表达不可侵犯原则和态度,其次是对不当行为坚决回击,绝不姑息。

(二)避免单独相处

为防止对方动手动脚,注意避免和异性上司或同事,单独待

在办公室很长时间，或者尽量选择有他人在的情况，这样就可以尽量避免骚扰。要尽可能不参加无故的酒会或宴会等，即便参加应注意尽量早早回归家庭，尽可能不和喝酒的人在一起，以防止别人酒壮色胆，最后被骚扰。

（三）善于收集证据

应对那些敢于纠缠不休的骚扰者，应该采取的方式是，在私底下积极收集其骚扰证据，诸如录下其挑逗言语或拍下骚扰视频等，这样既可以让对方收敛言行，甚至是以此来要挟对方，又可以在必要的时候，付诸法律行动，最大可能保护自己的权益。

（四）果断寻求援手

在通常情况下，骚扰者不会只骚扰一个目标，只是大多女性因为有面子和事业的担心，都选择忍让和退缩的方式，而不愿意诉诸法律的帮助。因此在受到骚扰后，积极寻求其他受骚扰同事帮助，一起对骚扰者进行反击。

（五）主动反抗检举

在运用以上方式后，依然没有效果的情况下，适当采取暴力行为，及时制止对方的骚扰也是忍无可忍的必然选择，同时用语言威吓他，如果发现对方要对自己不利时，要大声发出求救信号。并根据收集有效的、确凿的证据，及时进行检举，并揭发到上级部门，甚至诉诸法律，施加给对方压力，使之得到应有的惩罚。

第六节 妙玉——带发修行的"园中白鹤"

妙玉是一名带发修行的少女，在《红楼梦》中被列入金陵十二册正钗名册中。但是她与贾府非亲非故，不是贾府的小姐，也不是亲戚,她是被大观园主人邀请进拢翠庵来的尼姑。妙玉之所以能得到作者的喜爱,并把她位列正钗名册第六的位置。原因是她性格孤高而不屈,学识广博而深渊,思维聪慧而敏捷。《红楼梦》中对于妙玉的人物判词是:“后面又画着一块美玉,落在泥垢之中。”其断语云:“欲洁何曾洁,云空未必空。可怜金玉质,终陷淖泥中。”

在《红楼梦》新制十二支词曲中的第六支中《世难容》中写道:“气质美如兰,才华馥比仙……天生成孤僻人皆罕。你道是啖肉食腥膻……视绮罗俗厌;却不知太高人愈妒,过洁世同嫌……可叹这,青灯古殿人将老,辜负了,红粉朱楼春色阑。到头来,依旧是风尘肮脏违心愿。好一似,无瑕白玉遭泥陷;又何须,王孙公子叹无缘。”妙玉的人物意像是一块美玉掉进了污泥当中,美玉本身是人工雕琢而成,具有极高的艺术和审美价值,但可惜却失去了自身价值与污泥为伴了,妙玉的人格特点是因过洁而产生的世难容,最后伴随贾府的落寞而走向自己终淖泥潭中的悲苦命运。人这一生中要想由潺潺小溪汇入浩渺无垠的大海,体验生命的波澜壮阔,如果离开了水的包容,恐怕很难到达生命这一境界。所以妙玉这一人物形象描写直到今天都会给很多读者带来自我生命的审视与反思。

一、妙玉言语及行为描写

在《红楼梦》中,关于妙玉的描写部分还是很精彩,她是带发修行的尼姑,熟悉经典、精通文墨、对文物也有极高的鉴赏能力,审美能力极强,人也长得很有气质。作者对她的评价“气质美如兰,才华馥比仙”。妙玉与惜春、宝玉、紫鹃尽管都是看透红尘,成为出家人,但她们在出家上有本质不同,因为妙玉的出家,主要原因是心理暗示的结果。

在《红楼梦》第十八回中,写道妙玉现今十八岁,和林黛玉的出生地是一样的,同为姑苏人士,祖上出身于书香门第,仕宦大家,家族之势比贾府还要更上一层。因自幼多病,想了许多办法,都不中用,最后带发修行入了空门,在两个老嬷嬷、一个小丫头服侍下在蟠香寺修行,自从修行之后病才慢慢好了,通过以上分析可知,妙玉因为年少时,体弱多病,选择带发修行出家的目的是为了寻求治病的良方。她当时还不到八岁,不是自愿选择出家的。换句话说,选择出家的妙玉是在她家人接受了只有出家才能治好病的心理暗示的前提下,才不得不出家的。

在第六十三回中,因为以前邢岫烟和妙玉在蟠香寺做过十年的邻居,所以她说妙玉的脾气从没改变过,僧不僧,俗不俗的,放诞诡僻。李纨评价妙玉不近人情,不给人面子。贾母协同刘姥姥一行来到栊翠庵妙玉的住处参观游览的时候,妙玉在门口把贾母让迎进去。听到贾母要喝茶"忙"去烹茶,并"亲自"把茶杯"捧"于贾母。当贾母说她不喝六安茶时她笑说这是老君眉,可见妙玉平时的心细,她对贾母颇为了解。一干人等走后,妙玉因嫌脏忙命道婆将刘姥姥用过的杯子扔到外头。当大家都在喝茶时她自己带着宝钗、黛玉去喝体己茶,把宝玉也吸引了过去,然后把自己喝茶的杯子给宝玉用。

二、妙玉心理特点形成原因分析

妙玉因为一直居住在佛门,依据心理暗示的作用,暗示会对人的身心带来重大影响,这个著名的实验就是随机选取了班级中的一些学生,告诉这些学生将会比较有成就,研究结果表明这些被暗示的学生,最后都颇有成就。暗示是在主观认定后,被予以接受的,是对主观意愿肯定的一种假设条件。心理暗示的积极作用是在一个人不自信或者是缺乏安全感的条件下,如果能接受心理暗示,并以此进行调整的话,能给人极大的心理安慰,并起到极大的激励作用,激发出个人的潜能。然而心理暗示消极的作用是如果人们过分相信占卜等带来心理暗示的话,可能会对自己的健康状况与事业发展方面产生极大的心理误导,从而导致过度的焦虑,使原来的某种可能性变成必然性。

妙玉之所以选择不得不出家,主要原因是在封建社会里,她父母在没信心治好女儿病的前提下,被迫接受了只有出家才能治好病的心理暗示造成的。妙玉出家后,在"出家能修身养性,治好她的病"的心理暗示下,在佛门这个净化心境的环境下,在静心可治病的信念下,妙玉身体健康得到了不断恢复,这种暗示更加深刻,以至于进入到深层意识当中。

妙玉出家后,非常遵守佛门的清规戒律,也控制着那颗偶尔向往红尘凡世的内心。当她的病被治愈后,她更加坚信这种暗示的力量,对佛门深信不疑,所以总是以虔诚的佛家弟子身份展露在人们面前。在《红楼梦》第四十一回中,描写拢翠庵花草树木繁荣昌盛。贾母评价说:"到底是他们修行的人,没事常常修理,比别处越发好看!"所有这些都表明,草木禅房是出家人幽静修行的地方。

妙玉的性格古怪,具有很强的自尊心,但又凡心未了,因此从妙玉的身上,偶尔会表现出行为的矛盾特点。尽管妙玉作为出家人,心情恬淡平和,但由于她生活在凡世中,在红尘的包围之下,所以很难完全超脱世俗。因此只能是"欲洁何曾洁,云空未必空"(曹雪芹语)。

在《红楼梦》第十八回中,由于妙玉的师父在圆寂时留下了她不能回家的遗嘱,所以只有在林之孝家的捎来回话时,她才出现,让她驻留此地,等候机会。贾府的大观园在元春的要求下,众姐妹和宝玉住了进去,吃斋念佛的王夫人也派人物色佛门中人,听人介绍妙玉后就想把她接到贾府。林之孝家对王夫人说妙玉不愿意来,说是侯门公府会以势压人,王夫人说道:"既然她是宦家小姐,性格高傲也很自然,就下个请帖邀请她,不是更好吗?"所以贾府就请人写了请帖并派车轿去接。这一"请"一"接",妙玉的清高表现得淋漓尽致。这也表明她作为曾经的"官宦小姐",注重礼仪,厌恨权贵,具有极强的自尊心,只有当礼节到位后,才会勉强地到大观园来。

出家人应该对人平等以待，正如佛门语“香客来来往往，佛心如如不动”，然而妙玉对贾宝玉就特别关心，有很重的私心。例如，在第四十一回中，妙玉有意请薛宝钗和林黛玉去他处喝茶，她也非常了解贾宝玉的脾性，薛宝钗、林黛玉一走贾宝玉必会跟了过来，不出她所料，贾宝玉立刻就紧跟而至，妙玉把自己平常喝茶用的绿玉斗拿给贾宝玉喝茶用，反而将珍藏的杯子拿给林黛玉和薛宝钗来用，贾宝玉不知道情况，还认为这是个很平常的器皿，妙玉提醒他说道：“恐怕在你家里也找不到这样一个普通的器皿来呢？”由此可见，这个杯子的贵重，也可想见妙玉对贾宝玉的偏爱。最后甚至把蟠虬整雕竹根的大茶具拿出来给贾宝玉饮茶用。形成对比的是，妙玉给刘姥姥喝茶，刘姥姥用过她的茶杯后，她嫌脏，让人把茶杯放在外面，直接丢掉了，甚至坦白地宁可把自己用过的茶杯砸碎，也不给别人用。尽管妙玉是个有洁癖的人，但她能主动把给自己的茶杯给宝玉用，由此可见她对贾宝玉有多偏心。在佛教人人平等的条件下，假如妙玉真的是得道顿悟后，怎么可能做出这种厚此薄彼的事情呢？从妙玉的性格分析，她性情非常情绪化，根本不像佛家弟子那样恬静自然，而是相当孤独傲慢，且不能容忍他人。在《红楼梦》第四十一回中，妙玉邀请大家喝茶，林黛玉问她：“这也是去年的雨水吗？”妙玉马上冷笑并挖苦她，嘲笑林黛玉是个大俗人，连雨水、雪水都尝不出来。来年接的雨水，如何能喝得？哪有这样清淳？可是自己储存的雪水自己也总共才吃第二回？黛玉就问了这样一句话，就遭到妙玉接连的嘲讽，实在是令黛玉难堪，从这方面看，真的和林黛玉先前一样。在第七十六回中，妙玉、史湘云和林黛玉在中秋的夜晚，做联诗的游戏，妙玉非常热情地邀请她们俩去吃茶道，甚至是她自己亲自拿出了纸墨笔砚，把林黛玉、史湘云的诗从头到尾地抄写下来。妙玉这天十分开心，在林黛玉的邀请下，就高兴地笑着答应了林黛玉的要求，这样的态度，跟以前喝茶的情况完全不同。

妙玉的性格古怪，喜怒无常，实在是不招人喜欢，李纨都脱口说出，“妙玉为人十分可恶，我根本不想搭理她”，就是和她关系最好的贾宝玉，也认为妙玉“为人孤独洁癖，不合时宜”。

妙玉暗自爱恋贾宝玉，和佛家清规戒律不相符合。妙玉尽管一直压抑着对贾宝玉天生的好感，有时偶尔会委婉地表达出来，但她始终都做到了一个出家人的本分。这也见证了她凡心未了的这件事。在《红楼梦》第四十一回中，妙玉把自己的杯子给贾宝玉用，但是却说：“这次你是跟她们俩过来，我才给你茶吃，否则如果你一个人过来，我是不会给你喝的。”也是故意说给贾宝玉听的，言不由衷。

在《红楼梦》第六十三回中，贾宝玉过生日的时候，妙玉写了份贺柬给贾宝玉，落款是槛外人，贾宝玉不知其意就去请教邢岫烟，邢岫烟告诉贾宝玉槛外人的出处：“纵有千年铁门坎，终须一个土馒头。所以她自称槛外之人，是自谓蹈于铁门坎外了，她自称槛外人，你就称自己为‘槛内人’，便合了她意了。”由此看出，妙玉按照佛家的清规戒律，真正做到了“发乎于情，止乎于礼”。依佛教观点，众生不能成佛最大障碍是“凡情”，佛与菩萨的无“情”，和对众生的普度都是自我牺牲的一种表现。但是妙玉依然保持着对人间的美好感情与向往，偶尔会十分委婉地表露出来。在《红楼梦》第五十回中，因为贾宝玉作诗不令人满意，所以李纨处罚他，让他去找妙玉要一只红梅过来，李纨本想让人跟在贾宝玉后面，林黛玉急忙加以阻拦，说：“不必了，如果有人跟着，反而要不回来。”果然如林黛玉所言，贾宝玉自己很快的就笑嘻嘻要了一枝红梅过来。尽管这里没有妙玉的心思和举动，但能从侧面反映了妙玉对贾宝玉尽管是压抑但又关怀备至的情感。

《红楼梦》第七十六回中，在林黛玉的邀请下，妙玉也参加了她们联诗的游戏，作出的诗句如“空帐悲金凤，闲屏设彩鸳”“芳情只自遣，雅趣向谁言”。这些诗句都表露了在闺阁的寂寞和重返红尘的愿望，与佛门规定完全不符。这其中最大冲突应该是佛家禁欲主义和妙玉少女对情感的追求。

最令人惋惜的是，妙玉这块冰清玉洁、格调高雅的美玉，最终被重返风尘所困，陷入情感的泥潭，成了现实世界的牺牲品。正如诗云“风尘肮脏违心愿，无瑕白玉遭泥陷，王孙公子叹无缘”。和自身过“洁”形成极大的对比。出身名门，品位高雅，性格怪僻，身处世外却心向红尘，对真善美的极致追求也给作者带来深深的惋惜与同情。

三、妙玉性格形成原因分析带给我们的启示与思考

尽管当代社会科技发达，但人们感觉生活不顺利时，往往会借助一些迷信手段来寻求心理安慰，特别是在对待婚姻爱情这种大事时，由于事关重大很难做出判断，所以有些人更是想通过迷信来帮助自己做判断。然而可悲之处在于，有些人就是因为缺乏对婚姻、爱情的主见，完全相信他人的话语，以此来指导自己的行动，反而陷入了泥沼。

（一）充分坚信自我

一个人如果缺乏自信，对自己的未来没有规划，就会对未来充满恐惧，就越容易被别有用心之人所利用。如果你坚信自己的能力，在积极的心态下，主动提高自我，就一定才会实现自我价值。

（二）努力倾听自我心声

当人们处于迷茫时，总想得到他人给自己明确指示。如果把这些都寄托在他人身上，就是完全错误的。如果这样的话，还不如自己静下心来，梳理自己的思路，分析主要矛盾，倾听自己的内心，这样才能找到自己的真实需求所在。

（三）善于把握自我命运

人生的乐趣就在于前途的不确定性，这会让人们对未来心存希望、心存好奇、心存敬畏。一眼望到头的生活，会让人失去生活的斗志，这样的生活形同行尸走肉一般，所以，人生的乐趣就在于

直面生活中的一个个困难和危机，并用最好的方法去解决它，让自己的每一个选择都变成最正确的抉择。

(四)勇于直面自我焦虑

我们必须要承认，挫折和失败是不可避免的，每天都会有不如意的事情发生，是不可能逃避的。如果未来的不确定会带来焦虑，要想化解它，就要积极主动地找到根源，分析根源的问题，勇敢地面对它，主动解决它，未来就一定可期待。

第二章 《红楼梦》的亲情世界——封建宗法制度

人生而有情，不仅喜怒哀乐，连同音容笑貌，言行举止，无一不是情绪的外化。世人皆为情而生，情到深处有感而发，发之于神情，发之于诗歌，发之于文学。情字具有广博丰富的内涵，在传统词汇里面情也是一个涉及范围最广的词语，因此情所蕴含的价值指向也容易被人们所误解。释情是《红楼梦》文学思想的基础与核心。对情的解读也是《红楼梦》所诠释的哲学思想的重点和难点。作者曹雪芹透过《红楼梦》也发出了谁解其中味的人生感慨：情只能意会不能言传，只能领悟无法用语言表达。要想充分参透情之内涵，必须要博览群书，格物致知，并在生活中实践。即便具备了这些还不够，还要有足够的聪慧甚至天赋能力去领会、去感悟方能领悟真谛。所以情字只能用心领悟而无法用语言、文字来表达。可见《红楼梦》作者对情之意义的准确把握。

"情"也是社会关系的根本原则，更是人生在世的根本意义所在。无情亲者疏，有情疏者亲。《红楼梦》是幻灭文学，具有悲剧色彩，但作者也在告诉读者由色生情，传情入色。这一对情的领悟跟冯梦龙在《情史序》中写的如出一辙："一切物无情，不能环相生。生生而不灭，由情不灭故。四大皆幻设，惟情不虚假。"[①]

每个人都有自己的父母、家庭。家庭也应该是一个人"情"感维系的纽带，也应该是一个人在这世间最大的牵绊和最温暖的港湾、最大的精神支撑力量，亲情关系也应该是每一个人最在意、最珍惜的关系。然而，在《红楼梦》中看到的却是贾政以及王夫人对贾宝玉的一种扭曲的亲情。

---

① 冯梦龙《情史序》。

《红楼梦》成书的时代背景是封建制社会,是在“父为子纲、夫为妻纲”前提下的子女与父母的关系。因此它是建立在古代的宗法等级关系基础上的人类的血亲关系。它既是人类亲子之情的表现,又打上了父威家长制的深深印记。父亲与儿子的关系在冷酷、虚伪的面罩下让孩子感受不到温情。

亲情是人与人之间基于血缘关系为纽带的情感连接,这是一种与生俱来的连接,相比其他感情来说,更加稳固、更加无法割断。

亲情与生俱来,它是我们生命的源头,是我们成长的动力。家庭是亲情的载体,它是一个人身体的居住地,是一个人灵魂的栖息所。现代家庭是我们情感的依恋,也是我们幸福的港湾。在《红楼梦》中我们可以跨越时空看到中国古代沿用千年的宗法制度。封建宗法制度下的贵族家庭中本该有着血浓于水的亲情关系却变得虚伪、冷漠、自私。他们用极致的伪装取代了脉脉温情,用等级制度割裂了亲情的关怀与彼此的照顾。

封建宗法制度——《礼记·大传》有写道:“人道亲亲也,亲亲故尊祖……”[①] 重社稷因此就会爱百姓,爱百姓就会采用适当的刑罚,刑罚适中人们才能安居乐业,人们安居乐业才能创造更多的财富,财富足才能完成志向。可见封建社会是非常重视家族建设的宗法制,大家族中以族为基本构成单位,用祖作为起始,小家依附于大家,父统子、兄统弟、嫡统庶,它有基于血缘关系为纽带的稳定性和牢固性,所以古代封建制度在政治上也采用类似的管理模式,以下尊上命,臣听君令的统治方式,即也采用“家天下”的政治制度与之相辅相成。由家而国,这就形成了几千年封建社会“家国合一”的统治方式。

宗法制度就是以家族为中心,根据血缘关系远近划分辈分,辈分不分长幼。为了稳固家族稳定性避免冲突,还根据血缘关系区分嫡出还是庶出,一般采用嫡长子继承制。就皇帝家族而言更加明确了权力的传承。对国家和社会的稳定还是具有一定的积

① 《礼记·大传》。

极意义。从消极意义上来看,这种制度的基本原则和基本功能却使得封建家庭中人与人之间渗入了过多的权力、地位、财产等纷争。在功利的驱使下,家庭成员间的亲情也被扭曲,变得冷淡、虚伪、自私。几千年来,从王公贵族到平民百姓,许许多多的家族都不同程度地上演着金钱与权力争夺的悲剧。《红楼梦》描写的就是这种制度下的贵族之家,自然逃脱不了相同的命运。

宗法制度依据血缘的远近区分长幼辈分的基本原则,淡化了亲子之间的感情。

宗法制下出现的“家国同构”现象,会导致父亲在家里成为严君。《周易·家天下》说:“家人有焉,父母之谓也。”[①] 这样的社会形式极其夸大了父亲在家中的地位,导致权力的过分集中。也让父亲一个人高高在上,原本属于亲子之间的基于血缘亲情的上慈下孝的“孝”道,就会让类似君臣之间的“忠”取代,原本亲子之间的彼此尊重就会变成因为对权力和地位的绝对顺从,父子之间的天然温情就被等级的鸿沟生生撕裂。

由于父子之间的爱被深深地掩埋于宗法制度的冷漠面具之下,使父子之情变成了表面上父亲对于儿子的威严施教,实际上透着控制、霸道和冷漠。儿子对于父亲表面上是顺从、惧怕,实际上是恐惧和疏远。贾政表面上对贾宝玉严格要求,是个严父,实际上冷漠无情,见到贾宝玉就拿最难听的话辱骂他,对于他做出自己不能容忍的事情,就要下死手以打死他为快。贾宝玉一日三餐都要给父亲请安问好,看似非常亲近但其父贾政并不为之动容,依然动辄为贾宝玉的“顽劣”和“不求上进”所生气,其实背后贾宝玉最怕见到父亲,刻意疏远父亲。贾赦知道石呆子那里有自己喜欢的扇子,就命儿子贾琏办理此事,稍有差池,就要毒打。宁国府贾珍对儿子贾蓉也是动辄非打即骂。儿子在父亲面前毫无人格尊严,儿子对父亲也无法建立认同感。由此可见,封建大家族在严苛的宗法制度下,亲子之间很难产生基于血缘亲情的父

① 《周易·家天下》。

慈子孝的温馨画面，父与子之间严格的等级制度、绝对的“服从”其实是对亲情的严重扭曲。

嫡长子继承制和用嫡庶区分亲疏的宗法制度的原则，严重破坏了兄弟、亲子之间的亲情。

一夫一妻多妾的封建制度在我国有着非常漫长的历史，古代大家族为了家族的繁衍，保障支脉的繁盛，允许男人可以有很多妾，妾一般在家族里面没有地位，妻则都是和自己家庭地位相似的大家闺秀，豪门望族之女，为了对妻妾所生的孩子有所区分，需要宗法制度来加以保障。嫡出就是指明媒正娶的妻所生的孩子，庶出就是和妾所生的孩子。嫡长子继承制一般就是指宗室爵位是由嫡妻所生的长子来继承的。财产一般是儿子之间均分，但实际上嫡出和庶出在家族和社会上的地位具有天壤之别。《红楼梦》里贾宝玉和贾环就是最好的例子，贾宝玉的妈妈王夫人出身名门，是和贾家同为四大家族的王家，门当户对，家族势力非常大，她是贾政的妻子，她的儿子贾宝玉就是嫡出。赵姨娘是贾政的妾，她的出身非常低微，她家是贾府的家奴，所以她生的儿子贾环就是庶出。所以贾宝玉就是家族人眼中的掌心宝，处处关心，处处爱护。但贾环的每次出现就像过街老鼠，人人都恨不得挑出点毛病把他骂一顿，在这样的环境当中成长导致贾环心里非常不平衡，甚至有些扭曲。连带赵姨娘为了给儿子争取权力和尊严也变成了一个阴狠毒辣，心理阴暗的女性。她伙同马道婆要置王熙凤和贾宝玉于死地。可见内心的仇恨是多么强烈而深刻。《红楼梦》里不光主子连丫鬟们也都瞧不起贾环，贾宝玉从来不缺钱，所以他对金钱完全没概念，而贾环就不一样，他很在意钱，和丫鬟们游戏时，他连丫鬟的钱都要占便宜，说明他缺钱，这样就惹得丫鬟们更加瞧不起他了。所以随着年龄的增长，他心理的不满和仇恨也在与日俱增。贾环发泄这些内心的仇恨和愤怒的对象就直接指向了自己同父异母的哥哥贾宝玉，他认为如果没有了嫡生的贾宝玉，贾宝玉所拥有的一切就会理所当然地成为自己的。所以《红楼梦》中多次描写了贾环设计谋害贾宝玉的场景，第一次是故意用滚烫的蜡油烫贾宝玉,第二次故意添油加醋激怒父亲,害得贾宝玉差点被打死,第三次是赵姨娘找马道婆作法,也差点要了宝玉的命。宗法制度下嫡庶造成的兄弟之间的阶层区分,不仅会破坏兄弟之情,还会导致兄弟相残。同为赵姨娘所生的贾环的姐姐贾探春为了让别人看得起,不得不按照宗法制度去严格要求自己,不能认自己的生母为妈妈,只能称为姨娘,在宗法制度下只有王夫人才能成为她的妈妈,连同赵姨娘的亲戚也一概认不得,否则就会被别人瞧不起。所以探春理家时,赵姨娘的哥哥去世了,赵姨娘找探春说你舅舅去世了可否多给点银两,可探春立即严厉地纠正赵姨娘,说只有王子腾才是她舅舅,她没有这样的舅舅,站在今天的角度去看,这句话听起来多么不近人情,多么冷酷无情,但是站在探春所生活的时代和宗法制度下的家庭管理模式,我们却不能去批判探春的绝情和势力。如果她不这样做,就会变成别人嘴中的口舌,会遭到别人的耻笑和轻视,所以为了在那样的环境中生存下去,自己能做的就是先去适应环境,然后获得认可与尊重,将来才有可能去改变环境。这只是一个弱女子保护自己的一种途径和方法。否则就会像弟弟一样,没有任何人瞧得起。如果不是因为嫡庶区别带来的地位差异,谁又愿意隔断天然的亲情呢?

宗法制度造成的中国古代家庭以父系为首的不平衡家庭原则,庶出子女也被剥夺了跟母系亲情的感情。

在“男尊女卑,父权统制”的宗法制度下,儿子和女儿在家庭和社会地位上严重的不平等,母亲以能生儿子为荣,父母对儿子的重视与疼爱远远超过了女儿。我们可以通过贾府以窥一斑:贾府上下只有贾宝玉才是贾母的“命根子”,是她的“心肝肉儿”,探春有才但要作为和亲使者远嫁异国他乡;王熙凤能干但最终要听从贾琏的调遣;邢夫人、尤氏对于丈夫的胡作非为只有忍气吞声的份,探春不敢承认自己的亲生母亲和母亲的家人。这些都会带来家庭的不稳定,造成人性的扭曲。

第一节 贾母——享福人福深还祷福

贾母是《红楼梦》中主要角色之一，她是荣国公贾代善的夫人，荣国公、宁国公都已去世，宁荣二府这一辈只剩下了她一人，因此她也被人们称为“老祖宗”。她姓史，她娘家的家族就是四大家族里面的“阿房宫三百里住不下金陵一个史”的史家。她可以说是生于富贵，长于富贵，她是贵族家庭女性的代表，也是宗法制度下贾府辈分最高、权力最大的人。四世同堂的她，一生历经了贾府由富贵荣兴逐渐走向衰败的过程，贾母聪慧开朗的个性、大家闺秀的良好文化熏陶，不凡的生活阅历，使得她成为了生活的智者，生活教会了她如何爱自己，如何活在当下。但贾母也拥有任何一个普通老人一样的亲情，那就是对后辈的宠爱。贾母对贾宝玉的关爱之情，无比浓烈。在复杂的封建大家庭中，贾母是最长寿的一个，这离不开她开朗乐观的性格、超凡的个人管理才能，她一生生了两个儿子一个女儿，晚年儿孙绕膝，也有数不完的丫鬟、婆子、小厮服侍她。可谓享尽了人间之福，作为烈火烹油、鲜花着锦、诗礼簪缨环境下长大的女子。她见多识广，具有非凡的审美能力和高雅的品位。她的吃穿用度，对茶的品位，对音乐的鉴赏能力都是极高的。晚年她将一概事物都交给王夫人和王熙凤管理，自己专和儿孙热闹，安享晚年时光，所以她看得开、放得下。

一、贾母言语和行为的描写

著名红学家那宗训在《红楼梦探索》中写道：“贾母虽然名义上是全家精神所系，任意乱来的事，却甚少，只有溺爱宝玉一件事。”贾母对贾宝玉的爱可称得上是溺爱了，真是含在嘴里怕化了，顶在头上怕摔了，不许任何人去批评他。

其一，贾母把贾宝玉当成自己的心肝宝贝一样去爱护，生怕出现任何闪失,担心磕着碰着。贾母对自己调教的丫鬟比较放心,所以不惜忍痛割爱,就把她身边最会照顾人的袭人赏赐给了贾宝玉(《红楼梦》第三回)。此外贾母对于贾宝玉的吃穿住行也格外关心和留意。看到贾宝玉稍有倦怠之意,马上命人好生伺候着赶紧休息。贾宝玉撒个娇,贾母都要乐上半天,贾宝玉有点头疼脑热,贾母立刻就赶到贾宝玉的住处亲自问候。贾宝玉平时和贾母相处时,也是经常会被搂在怀里,贾宝玉出门,贾母知道后都要叮嘱婆子们好生跟着。这些日常生活中细微的关心和照顾,在《红楼梦》第五回、第八回、第四十三回、第五十四回都有描写,第五十二回,贾母知道贾宝玉要出门,马上要下雪,就让鸳鸯将俄罗斯国进贡的孔雀毛编织成的唯一的一件"雀金呢"给了宝玉,还特别嘱咐他早些回来,不许多吃酒。第二十五回,赵姨娘请人陷害贾宝玉,贾宝玉神志不清,胡言乱语,边说"我要死"边舞刀弄棒,贾母见了,吓得抖衣而颤,儿一声,肝一声地放声痛哭,且寸步不离。第二天听到宝玉说胡话:"从今以后,我可不在你家了!快收拾了,打发我走吧。"贾母听了难过至极。

其二,贾母虽然知道贾宝玉是贾府未来的接班人,但是却没能按照接班人应该具备的能力、责任和担当去培养、教育他。贾宝玉不爱走科举仕途之路,专爱女红,贾母也任其高兴就好,总担心贾政的威严会吓坏贾宝玉。贾母对于贾宝玉的爱是放纵的,是疏于管教的溺爱。贾母对于贾宝玉是有求必应,第十三回秦可卿去世后,贾母不允许贾宝玉去看,贾宝玉坚决要去时,贾母也只能安排好车马随从去照顾好贾宝玉,顺从他的意思。

贾母自己对贾宝玉没有任何管教,也不允许其他人管教贾宝玉,尤其是父亲贾政。《红楼梦》三十三回贾宝玉挨打,贾政因担心贾宝玉和蒋玉函之事得罪忠顺王府,后又听贾环背后说因为贾宝玉引起的金钏儿跳井之事,随后怒不可遏暴打贾宝玉,贾母听说之后,劈头盖脸地训斥贾政:"先打死我,再打死他,岂不干净了!"然后就严厉地批评贾政不孝,贾政立刻下跪道歉。贾宝玉在贾母的看护下,平时贾政没有机会批评他,等到惹祸了,就直接下死手,这让宠爱他的贾母无法接受。贾政见此情景只好向贾母再三保证,以后再也不对贾宝玉动手,贾母依旧不依不饶告诉贾政,讨厌贾宝玉就是讨厌她,闹着要回老家去,贾政只能苦苦地好言相劝。面对打伤了的贾宝玉,贾母又是心疼,又是担心,搂着贾宝玉哭个不停,吩咐下人精心照顾、调养。在无比重视封建礼节的贵族家庭,第三十六回贾母因为心疼贾宝玉就让他免了平日的礼仪俗套,只是在丫鬟的照顾下在园中游乐。第七十回,贾母听说贾宝玉安心练字的想法后,生怕累着贾宝玉,就叮嘱他安心练字,不要心急,担心每天给自己请安会累坏贾宝玉,也把给自己的日常请安给免了。

其三,除了物质上的照顾,贾母也把贾宝玉作为自己的精神支柱。这就不仅仅因为贾宝玉是未来家族的继承人,更因为贾宝玉长得像她已经去世的丈夫,可见丈夫在世时他们夫妻非常恩爱,贾母这是爱屋及乌。但凡有人夸赞贾宝玉,贾母听了都觉得比夸自己还开心。贾宝玉帅气的外表着实为贾母赢得了很多的赞誉,更难得的是第五十六回中甄家的众媳妇夸赞贾宝玉的性情,说比甄宝玉要好很多,贾母更是高兴地见人就说。

《红楼梦》第七十五回,贾政在中秋之夜,忽然想到要考验贾宝玉,一般看到贾宝玉的诗,贾政都会是先批评一番,但这次为了讨贾母开心便说"难为他"。贾母立刻为贾宝玉开脱,还要贾政奖励贾宝玉,说你要给他奖励他才会更愿意读书。平时根本不会夸赞贾宝玉的贾政,只好按照贾母的要求,叫人取了两把自己从海南带来的扇子奖励给了贾宝玉。其实贾母还是非常懂得教育之道,她认为对小孩子要采用激励教育,做得好要及时表扬,这在心理学里叫作正强化。但心理学里还有一个与之对应的,即对做错的事情要采取惩罚教育,这叫负强化。可以说,贾政对贾宝玉的这次奖励的彩头其实是贾母给讨来的。

贾宝玉因为贾母的宠爱,渐渐养成了乖僻的行为,率性而为的性格,在家中常常被称为"混世魔王",不合心意的时候会大发脾气,第三回贾宝玉见到初入贾府的林黛玉,看到她和自己不一样，胸前没有戴玉时，立刻发作，把自己的玉拿起来就摔，贾母急忙搂住贾宝玉劝慰，并做一番劝慰解释后贾宝玉才不闹了。为了贾宝玉贾母烧香拜佛，求菩萨保佑。总之，贾母把贾宝玉看得比自己的生命还要珍贵，在身体上的照顾精细入微，在心理层面也是事事都顺着贾宝玉，惯着贾宝玉，只要贾宝玉开开心心，安然无恙，那便都是晴天。贾母这样对待贾宝玉的态度，连贾政和王夫人都不敢出来教训贾宝玉，如同王夫人所言："对宝玉如果管紧了，管出个好歹来，把老太太气出病来，谁也无法担待。所以就纵坏了他。"

二、贾母对贾宝玉宠爱的心理机制形成原因分析

老年人普遍喜欢孙辈，一方面代表后继有人，是人生的希望所在。另一方面在和孙辈的互动当中可以获得心理的满足，带来愉悦的情绪体验。贾母宠爱贾宝玉，其背后也蕴含着这样微妙的心理活动。希望是根本动力，愉悦的情绪可以让我们感受到生活的如意美好。

首先，衰老是一种自然规律，伴随着衰老的过程，人的身体和心理都在发生着各种变化，身体层面我们会因为年龄的增长而出现各个器官功能逐渐衰退的现象，器官功能的下降可能会带来诸如记忆力的减退、听力下降、思维的不灵活，再严重些有些器官可能会出现病变。如果我们一直关注自己身体的变化，由此带来的沮丧心情会加速我们身体的衰老。而在和孙辈的相处中，我们会因为对孙辈的关心照顾，找到自我的价值感，也因为与孙辈的互动让我们重温年轻时的风华正茂，激发我们内在的活力。孙辈的出现也会给一成不变的老年生活带来新的乐趣。这些可以有效延缓老年人的身体衰老。《红楼梦》第三十九回，贾母对刘姥姥说："我老了，都不中用了，眼也花，耳也聋，记性也没了……不过嚼得动的吃两口，睡一觉，闷了时和这些孙子孙女儿玩笑一回就罢了。"贾母在这段话中就提到了年老的自己面临身体上的日渐

衰老带来的各种问题，还有精神上觉得自己不中用的被抛弃感。

其次，老年人会伴随着生理的衰老，逐渐感到力不从心，渐渐失去主动追求的乐趣，出现消极情绪、意志衰退，甚至是老年痴呆症、抑郁症。作为年青的一代，要积极关心老年人的心理变化，积极主动融入到他们的生活中，作为老年人也要积极主动关心年轻的晚辈，多和他们一起说说笑笑，转移对年龄和日渐衰老的身体的关注，从而改变心境，改善心情，这是抵抗身体衰老最好的办法。年轻人的生命活力和热情也会给老年人的生活注入激情，活到老学到老，心态也会变得年轻起来，变成家庭的“老顽童”。贾母是一个聪慧的老人，她主动承担起照顾家族后辈的责任，晚年也非常享受和他们在一起的时光，可以说有贾母的地方就是欢乐的海洋，贾母也在这样欢乐的氛围中安享晚年，是一位懂生活，知进退的老人。《红楼梦》第四十回刘姥姥进到大观园，大家一起欣赏游园，贾母倡议和孙辈们一起玩行酒令，说不上来就罚吃酒，孙辈们的朝气、可爱，刘姥姥的风趣幽默，使得众人时而开怀大笑，时而诗词歌赋，雅俗共赏，天然成趣。贾母不停地发出邀请：“大家吃上两杯，今日着实有趣。”还有中秋节贾母和晚辈们一起吟诗听乐，贾母高雅的审美能力，开朗的性格都会影响晚辈们。贾母也从晚辈们的关心爱护中获得心理的慰藉。

再次，人进入晚年后，子女已经成家立业，自己也从工作岗位上退了下来，由以前的忙忙碌碌逐渐过渡到整日的无所事事，空虚和无聊也会成为生活的常态，慢慢就会心生“老废物”“不中用”的无价值感和无意义感来。这时候就要主动定期邀请年轻人加入自己的生活，展现自己在生活中的专长，比如拿得出手的厨艺绝活，琴棋书画，甚至整理家务，这些行为都会让老年人重新体验到生命的意义和价值所在，也会赢得孙辈们真心的尊重和爱戴。《红楼梦》第三十七回，贾宝玉见到园中的桂花开了，就亲自折了桂花，灌水插好叫人拿着给贾母送去，贾母开心得不得了，见人就夸宝玉的孝顺和懂事，贾母一开心，连带着送花的丫头都得到了贾母爱惜和奖赏。可见宝玉小小的一个行为给贾母带来极大的愉悦情绪，对老年人的心理健康非常有好处。

还有，人越到晚年，越是在意脸面和尊严，渴望获得被尊重感，想要满足对权威的维护，很多老人也会通过对孙辈的呵护去获得心理的满足感、成就感，感受自我的重要性找到自我的价值感。《红楼梦》三十三回中，贾政为了发泄心中的愤怒，下死手痛打贾宝玉，贾母知道后心疼不已，当着众人的面痛斥贾政，也以要搬回老家威胁贾政不能再对贾宝玉动手，同时还准许贾宝玉免除各种对长辈的问候礼节，可以说贾母的威严尽显，使得贾政在贾宝玉面前毫无办法。有了贾母这把保护伞，贾宝玉更是对祖母百般依赖，更加喜欢亲近贾母。贾母也找到了自我价值感。

贾母对贾宝玉的无条件关心、照顾与关爱，既包含人之常情，也反映出老年人喜欢通过和晚辈的交流互动远离老年疾病和心理的孤单、失落。对于维护老年人的心理健康，帮助其幸福地安度晚年生活是大有益处的。这也是贾母能健康福寿的非常重要的自我调节方法之一。

三、贾母的心理特点分析带给我们的启示与思考

《中国发展报告2020》数据显示在2022年左右，中国65岁以上的老人在总人口中的占比将达到14%，2025年占比将达到15%，2035年占比将达到22.3%，到2050年将达到27.9%。如果老年人口统计按照60岁作为划定标准的话，中国老龄人数在2050年将会达到5亿人，这将会和很多发达国家的人口结构很接近。中国即将进入老龄化社会。建设和谐社会，关心关爱老年人的身心健康，确保他们的晚年生活幸福。做好老年人的心理疏导和安慰对于提升全民幸福指数、构建和谐社会至关重要。

（一）维护老年人的人格尊严

老年人由于逐渐脱离社会中的很多重要角色，渐渐进入赋闲在家的情况，所以思维会陷入僵化，考虑问题比较单一，就像孩

子一样,会呈现固执的一面,比如在对待孙辈的态度上面,老人坚持认为他就是用这样的方式把子女抚养长大,为什么孙辈不可以呢?所以子女们就要很有耐心,让老人能慢慢理解不同的教养方式。因为如果直接对他们的方法予以否认,不顾老年人的脸面和尊严,很容易让老人接受不了,加重他们的心理危机感,从而在态度和行为上呈现更加刚硬的做法。了解了老年人的心理需求,就要明白他们正在逐渐面临因身体衰老而带来的各种危机感,让他们在对待孙辈的教养方式方面找到自我价值感,所以这时候千万不要去顶撞他们,要先顺着他们说,让他们感到被认可带来的愉悦情绪体验时,再慢慢导入自己的观点和建议,这样他们才更容易听进去,这叫捧着他们的自尊心和他们交流,这样一来你会发现他们其实很好哄。

(二)亲情之间良好的情感互动

随着社会的进步,经济的不断发展,住房条件也在逐渐得到改善,加上老年人和年青一代的思想、行为方面的差异,孩子成家立业后一般都会选择搬出去过自己的小日子,这种空间上的距离感会让两辈人之间减少很多矛盾和冲突,但对于老年人来说,也会加剧他们内心的寂寞和空虚感。为了避免这种消极的情绪对老年人心理的伤害,就要经常“麻烦”老年人,蜻蜓点水般让他们做点力所能及的事情,也可以经常带着孩子常回家看看,让老年人享受一下天伦之乐的同时自己也可去除一身的疲惫给心灵放个假。

(三)勤关心,多汇报

老人会经常找寻自我存在感和价值感,时刻担心会被人抛弃和遗忘,所以作为儿女的就需要经常打电话,汇报下生活、工作中的小情小事,让他们时时能感受到自我的重要性。其次让孙辈可以夸大喜弱化忧,免得他们过度担心,但切忌只报喜不报忧,这样可以增加彼此之间的理解和包容加入到他们的情感互动当中，孙辈的一颦一笑可以软化老人的所有消极情绪，孙辈的一点点关心问候，都可以让老年人牢记于心，喜于言表。

（四）精心设置一些家庭活动

《红楼梦》中贾母自己也会精心安排一些互动，让全家老少全面参与，在娱乐游戏的过程中，可以增强家庭凝聚力，化解矛盾，俗话说"家有一老，如有一宝"，老年人要让自己成为家庭的这个宝，就要主动走进年轻人的生活，理解他们、尊重他们，成为他们生活中的安慰剂、开心果。闲暇时，多参加一些老年人的活动，看看广场舞中老年人曼妙的身姿，只要找对方法，每个老年人都可以活出晚年的激情岁月。

第二节 王夫人——"罕言寡语"的贵妇人

王夫人是出生于四大家族"东海缺少白玉床，龙王来请金陵王"的王家。嫁到贾家为贾政之妻，哥哥是京营节度使王子腾，妹妹是嫁给"丰年好大雪"的薛家的薛姨妈。她和家政共生了两个儿子一个女儿，大儿子贾珠早早去世了，二儿子贾宝玉，女儿贾元春入宫为贵妃。王夫人的人脉可谓强大，贾母年事已高，贾府荣国府实际掌权人就是王夫人，表面上她把家庭管理权下放给了自己的亲侄女王熙凤，但实际上王熙凤大情小事都要给王夫人汇报。王夫人性情淡薄喜好吃斋念佛。

一、王夫人言语和行为的描写

要想深入了解一个人就要从这个人身边的人开始，王夫人和王熙凤的关系：为了稳固自己在大家族中的地位，王夫人让自己的侄女王熙凤嫁给了贾琏为妻，并让王熙凤协助管家，但实际的控制权还是在王夫人手中。

王夫人和晴雯关系：晴雯原本是贾宝玉身边的一个侍奉主子的二等丫头，本不会入王夫人的法眼，王夫人之所以对晴雯盯着不放，主要是因为王善保家的认为，贾宝玉身边的那些丫鬟平时不把她放在眼里，不太尊重她，她心里很不舒服，一直在找机会想去王夫人那里告状。恰好傻大姐在园中捡到了绣春囊，王善保家的见有机可乘，就在王夫人面前使坏，说贾宝玉身边的女孩子个个就像千金小姐一般，尤其是她最讨厌晴雯“妖妖调调，不成体统”。王夫人最担心贾宝玉会被身边的丫鬟带坏，所以立刻派人把晴雯叫了过来，恰好晴雯刚刚午睡起来，来不及整理衣衫，衫垂带落地出现在王夫人面前，让王夫人立即怒火中烧，说她看不上晴雯的浪样儿！也不许她这样打扮。形成了不好的印象之后，没过多久就把生病中的晴雯撵了出去。直接导致了晴雯的死亡，对待晴雯王夫人可真是要去之而后快。

王夫人对待晴雯可谓是完全不顾她的死活，丝毫不留情面，坚决果断要把晴雯撵回家。那么她在担心什么，很大的原因是担心晴雯与贾宝玉有私情。《红楼梦》第七十七回，被撵出大观园的晴雯，其实也知道了自己被撵的原因，对此她心有不甘，对去看她的贾宝玉说，早知道她会得到这样的下场，这样的虚名的话，还不如当初就和贾宝玉好了，从这里可以看出晴雯是清白的，与贾宝玉没有任何私情。在晴雯的一番说辞之后，其实王夫人内心也很清楚，晴雯和贾宝玉之间并没有什么。

既然王夫人也知道，晴雯与贾宝玉并没有她所怀疑的亲密，她又是贾母身边送过来的丫鬟，按说王夫人应该会对晴雯手下留情。但王夫人却执意要撵走晴雯，害怕贾母怪罪，就对贾母回说：“况且有本事的人，未免就有些调歪……三年前我也就留心这件事。先只选中了他，我便留心。冷眼看去，他色色虽比人强，只是不大沉重。”王夫人在说晴雯虽有貌但行为举止不够沉稳之前先向贾母说明她赶走晴雯的原因：一年病不离身，人又懒惰，现在还患上了女儿痨，所以要赶她走。

晴雯本是贾母身边的伺候丫鬟，是她老人家一手调教出来的，贾母说言谈、模样、爽利、针线，众人都不及晴雯，所以她才把晴雯给贾宝玉使唤，按说晴雯是有背景的，可她最终却被王夫人嫌弃，那么王夫人为什么这么讨厌晴雯呢？

晴雯到底触犯了王夫人什么样的心理伤疤呢？

在《红楼梦》文本中，一共描写了王夫人和晴雯的三次见面，仅有的三次见面就让外人眼中吃斋念佛“木头人似的”王夫人，趁晴雯病重之际，赶她出门，令其自生自灭。可见晴雯是王夫人心中那类瞧上一眼就会立刻点燃心中恨意的人，那么晴雯身上的哪些地方激起了王夫人心中的恨意呢？

言语是一个人心理的反映，王夫人第一次见到晴雯是和贾母一起逛园子时，她就留意了一个削肩膀、水蛇腰、眉眼有些像林黛玉的丫鬟，还有她当时正在骂人的行为举止。还说她就见不得她的张狂样。可以说第一次见到晴雯，她就在王夫人心理留下了非常难忘的坏印象，第二次因为听信了王善保家的诋毁，王夫人当即就命人叫来了晴雯，当时晴雯刚刚睡醒，她也知道王夫人平时非常不喜欢浓妆艳抹之人，所以就没有打扮直接就来到了王夫人面前，王夫人此时看到钗垂带落的晴雯，再加上刚刚睡起之后的睡眼惺忪，王夫人立刻说：“好个美人！真像个病西施了。你天天做这轻狂样儿给谁看？”林妹妹病西施，王夫人其实直接说了晴雯长得像林黛玉，像林黛玉一样美，像林黛玉一样多病。

很多红学研究者都认为：晴为黛影，的确在王夫人的言语中有非常明确的指向，长相秀美、性格直爽、言语犀利、行为任性、清高、自我这些性格特点和行为方式都极其相似。与其说王夫人厌恶晴雯，不如说王夫人其实更讨厌林黛玉，对于贾母让林黛玉和儿子贾宝玉吃住一起的安排，王夫人是非常反感的，随着贾宝玉和林黛玉渐渐长大，宝黛爱情的萌芽，二人的亲密关系，旁人的添油加醋都令王夫人感到很恼火，王夫人撵走晴雯恰好表达了她也很想把林黛玉撵走，晴雯是丫鬟，找个说辞就可以轻易地撵走，但要想赶走林黛玉这是万万做不到的，第一个贾母不会答应，林黛玉父母双亡，又是自己最喜欢的外孙女，疼爱都来不及，怎么能够允许别人将她们分开，第二个贾宝玉对林黛玉已经产生了深厚的感情，以他的性情，如果知道林黛玉离开了，不知会闹出什么惊涛骇浪来，到时候有个三长两短，自己接受不了，也无法给家族人一个交代。但积压在心中的怒火又令她寝食难安，所以当她看到一个很像林黛玉的晴雯时，就忍不住把心中的愤怒都投向了晴雯，欲除之而后快，可怜的晴雯，就成为了王夫人发泄怒气的替代品，是王夫人负移情的结果。

二、王夫人怨恨晴雯背后的心理分析

王夫人对待晴雯的态度，在精神分析学上称为移情。所谓移情，就是个体在个人的成长经验中形成的对某个重要人物、事件或环境的重要情感，投射到他人身上的情感指向过程。往往会根据外在的表象和虚假的信息通过自由联想来作出判断，这个判断往往会歪曲事实，形成虚假信息。比如因为移情产生的虚假信息，会让我们莫名其妙地喜欢一个人，也可能莫名其妙地讨厌甚至敌视某个人。所以移情又分为正移情和负移情，正向移情会产生积极愉悦的情绪体验，就像贾母喜欢贾宝玉，除了贾宝玉是她孙子，还有更重要一点是贾宝玉长得最像自己丈夫。负向的移情可以让我们对一个人产生负面的情绪体验，会让我们对他人形成偏见。而偏见又会导致我们不能客观公正地对待他人，偏见也容易导致我们出现一些极端情绪。这些坏情绪又会影响我们的日常生活，影响我们的身心健康。

我们来看看王夫人对晴雯的移情是如何一步步发生的，王夫人对晴雯的移情产生的首要原因是因为晴雯的相貌。林黛玉进贾府，王熙凤就当着众人面夸林黛玉长得标致，而王善保家的也对王夫人说晴雯长得比别人标致些。形容两个人竟然都用到了标致一词，那么在王夫人心理其实已经自觉不自觉地将晴雯和林黛玉连在了一起。看到晴雯就像看到了林黛玉。除了外貌的移情，王夫人对晴雯的移情还体现在王夫人见到刚刚睡醒的晴雯，恰好晴雯身上不自在，就联想到了一身病的林黛玉。晴雯本是贾母身边的丫头，模样好，手也巧，知道晴雯病了后，王夫人知道在撵晴雯走之前一定要向贾母汇报，就说晴雯三天两头生病，最近又得了痨病，所以要赶着她出去了。《红楼梦》第七十七回王夫人就命人将四五天不曾吃饭，奄奄一息的晴雯从炕上拉了起来送出去了。凡人总有生病的时候，晴雯只是恰好那几天得了风寒，被王夫人看到了。她的身体原本是好的，也不娇弱。但王夫人就把心中那个病恹恹，弱不禁风的林黛玉的样子投射到了晴雯的身上，晴雯是临时生病，而林黛玉是天生有病，从会吃饭就开始吃药，天生就有不足之症，身体的外貌也呈现一种病态之美，所以王夫人对晴雯的态度，实际指向的就是她对林黛玉的真实态度。想想林黛玉的处境，林黛玉对自己和贾宝玉未来的担心，就真的不是杞人忧天了。

王夫人对晴雯的第三次移情是因为晴雯的个性。初见晴雯王夫人就因为晴雯的张狂留下了非常坏的印象，而且晴雯也是伶牙俐齿，得理不饶人的人。晴雯性情高傲，平时不把身边的婆子、丫鬟放在眼里，也让她们怀恨在心，第七十四回邢夫人的陪房王善保家的因记恨晴雯，就到王夫人那里告状："太太不知道，一个宝玉屋里的晴雯，那丫头仗着她生的模样比别人标致些，又生了一张巧嘴，天天打扮得像个西施的样子，在人跟前能说惯道，掐尖要强，一句话不投机，她就立起两个骚眼睛来骂人，妖妖趫趫，大不成个体统。"，可见王善保家的非常懂得王夫人的喜好，句句都说到晴雯的要害，也直接点到了王夫人的痛处。她不喜欢有个性、张狂、尖嘴利齿的人，而林黛玉恰好就是这样的人。所以王夫人其实非常讨厌林黛玉的性情，而平时高调做人的晴雯被王善保家的一通形容下来，活脱脱一个高傲的林黛玉。所以再次加深了王夫人的移情。因为看不惯林黛玉，所以迁怒于晴雯。王夫人整天吃斋念佛，她可能也认定身边的赵姨娘也是一副张狂样专门勾引贾政，这点也是她内心最不能接受的。所以王夫人把很多让她内心不爽但又无可奈何的人的不满情绪都移情到了晴雯身上，看到晴雯感觉非常不爽，即便是晴雯后面表现得规规矩矩，做事妥妥当当，也不会改变对她的看法。

晴雯毫无疑问地成为了林黛玉的替罪羊，那么王夫人为何对黛玉如此怨恨呢？

第一个原因，我们不妨大胆猜测一下，可能跟林黛玉的母亲贾敏有关，林黛玉不仅和母亲长得像，性格方面可能和母亲也有些相似：高傲、任性、有脾气、有个性。我们看贾母身边的丫鬟鸳鸯在面对贾赦的淫威，不惜以死抗婚，还有贾母最喜欢的丫鬟晴雯可以看出，贾母喜欢有个性的人，对于闷葫芦一样的袭人她并不喜欢。所以她自己的亲身女儿她会调教得更加有主意、有胆量、有魄力。再加上宗法制度下未出嫁的小姐格外尊贵，尤其是贾敏这一代人，王夫人有一次不无感慨地说道，贾敏在家时那是何等尊贵这样的话。王夫人嫁到贾府必然从新媳妇做起，新媳妇既要伺候公婆，也要连同小姑子一起伺候，《红楼梦》里面就多次提到大家一起吃饭时，王熙凤不能入桌同坐，要站在一旁伺候小姐们的饮食起居。所以贾敏在家时王夫人就已经心存不满了，可是按照封建礼节，她却敢怒不敢言。所以看到林黛玉就想到自己因为贾敏所受的委屈。

第二个原因就是金钏跳井事件。王夫人在假睡中无疑看到了金钏和贾宝玉的“打情骂俏”不由得怒火中烧，下令撵走金钏，结果金钏不堪忍受羞辱，就跳井而亡。贾政看到有人跳井，觉得是家族的耻辱，又听信贾环的诬告再加上琪官的事，就把贾宝玉狠狠打了一顿，结果贾宝玉被打得内衣上都是血迹。“禁不住解下汗巾看，由臀至胫，或青或紫，竟无一点好处”，贾政气在心头，竟然真想把贾宝玉打死，以绝后患。看到贾宝玉因为和金钏的缘故，贾政却想要了他的小命，作为母亲王夫人怎么能不担心和着急，所以就找来了贾宝玉屋里的人打听贾宝玉挨打的事，结果袭人来了后和王夫人聊到了最让王夫人担心的事，园子里面大家都渐渐大了起来，男女有别，以防万一。

在谈话中，袭人尤其谈到了自己对于贾宝玉和林黛玉关系的担心，指出了他们日夜一处不方便。“我只想着讨太太一个示下，怎么变个法儿，以后竟还教二爷搬出园外来就好了”（第三十四回）袭人一说，王夫人立刻警觉起来，难道贾宝玉和谁作怪了不成，可见王夫人听到这话的担心。撵走金钏就说明她对贾宝玉不放心，担心会被身边的人带坏，再加上贾宝玉的性情生来如此，天生喜欢和女孩子待在一起。听到这话她进一步担心，万一哪一天贾宝玉和姐妹们之间做出了出格的事情，败坏了一生的清名。袭人的提醒又加上王夫人对于林黛玉和贾宝玉的关系的联想，在第七十七回，王夫人就明确告诉大家：“尽管我不常来这里，但这里发生的一切我都一清二楚。”让大家洁身自好，贾宝玉屋里发生的一切，她都悉收眼底。其实大家都心知肚明，王夫人最担心的是林黛玉和贾宝玉之间的情感发展。

《红楼梦》第三回，王夫人自打第一眼看到林黛玉就忍不住担忧地警告林黛玉，贾宝玉就是这样疯疯癫癫的人，哪一天他招惹了你，你也别理他，平时尽量少和贾宝玉说话等。可是前面刚刚叮嘱完，后面宝黛一见面就生出许多事端，贾宝玉摘下命根子狠狠摔去，急得贾母又哄又劝，所以林黛玉刚进贾府，贾宝玉的表现就让王夫人大为不悦。

第五十七回中慧紫鹃情辞试莽玉，紫鹃真诚地为黛玉着想，担心宝黛的爱情，想要试探贾宝玉。她自作主张地告诉贾宝玉，林黛玉要回老家，贾宝玉听说之后魂魄失守，立刻发起痴病来，头上冒汗，眼睛发直，失去了知觉。王夫人来了一问，知道了缘由以后，怎么能不担心儿子，不记恨林黛玉呢？贾宝玉曾开玩笑对王夫人说，他可以给林黛玉配一副药到病除的药。按说一句玩笑话王夫人一笑而过便好，可是王夫人的反应却是：“放屁！什么药就这么贵？”可见凡是跟林黛玉有关的王夫人都不喜欢听，发自内心地排斥。晴雯被逐出大观园后，王夫人还不放心，还想把所有她怀疑的人都一并逐出，这里面最主要的可能是林黛玉。此外，王夫人还借用元春的力量排斥林黛玉，《红楼梦》第二十八回，端午节元春命宫里的太监给大观园的姐妹们赏赐礼物，结果贾宝玉和薛宝钗的一模一样，黛玉却和众姐妹的一样。元春是比宝钗做事还要稳重的人，这一定是刻意而为之。在这里王夫人一定是想借元春之手拆散宝黛，元春代表的皇权其实明确告诉大家，元春不赞同不支持宝黛爱情。所以林黛玉的丫鬟紫鹃敏感地感受到了来自外面的危机，很为林黛玉担心，毕竟疼爱她的贾母岁数一天天大了起来，如果不能在老太太尚在的日子把婚姻大事定了下来，那么等老太太去世后，就再也没有人为林黛玉去争取她的贾宝玉了。

可对林黛玉早有成见的王夫人，绝对不会让林黛玉成为自己的儿媳妇，再加上林黛玉天生有病，也更加加深了王夫人对林黛玉的排斥，她绝不会让贾宝玉娶一个体弱多病的妻子。王夫人对于林黛玉的固有成见，再加上贾元春的支持，即便贾母也不能为林黛玉做主。何况王夫人早已经中意和自己性格相似的薛宝钗，而薛宝钗也更深得大家的喜爱，又有金玉良缘之说。可悲的是，薛宝钗也最终落得个“纵然是齐眉举案，到底意难平”的结局。

三、王夫人的偏见心理分析带给我们的启示与思考

一个人怎样对你，反映着他的内心，你怎样对一个人也是你内心的反映，我们对待别人的方式其实都是我们内心的投射。人际关系中最重要的互动机制就是投射与认同，它是我们内在关系相互影响的主要途径。投射性认同是由客体心理学家克莱因提出的，指的是一个人的现实人际交往模式是受他内在的已有关系模式支配的，这种内在的关系模式形成是由成年之前，跟重要的人在互动中形成的固有模式。在精神分析的客体关系理论里，也把这种以限定的方式作出反应的行为模式称为投射性认同。

可见偏见的形成跟我们的人际交往认知模式有关，它就像一个模子一样深深地刻在我们内心深处。成年以后的我们会拿着模子对号入座。这会给我们现实的人际交往带来极大的障碍，影

响我们的社交能力。

偏见投射是生活中的常见现象,它里面的主观错误认知,会影响和妨碍我们的人际交往。早期的偏见可能是人类适应社会生存的需要,是一种本能,同性之间因为竞争性更加明显,更容易形成偏见心理。尤其是女性之间,因为女性相比男性而言更加感性和情绪化。生活中的很多偏见可能是来自上面所说的投射认同。那么如何克服投射偏见呢?

同性之间要数婆媳关系最难相处,因为婆媳之间存在大量的投射偏见,婆媳之间也存在激烈的争夺“男人”的斗争,婆婆担心自己辛辛苦苦养大的儿子,突然之间领回一个陌生的媳妇,从此和儿子之间的距离越来越大。媳妇觉得我离开自己的原生家庭,因为爱一个男人而来到一个陌生的家庭,却发现这个陌生的家庭里面有个女人经常会吃自己的醋。所以和丈夫之间的关系因此变得有些尴尬。再加上两代人之间思维模式,价值观念的不一致,导致婆媳关系甚至两代人之间的关系越来越紧张。那么如何消除婆媳偏见,构建和谐幸福的家庭生活呢?

第一,家庭角色定位。婆婆和媳妇都要对自己的新角色进行重新定位。新媳妇要成为自己小家重要的主心骨,不能事事依赖娘家,有了矛盾摩擦要积极想办法自己解决,而不要急于向娘家搬救兵,越救越乱。新婆婆要得体地退出,退出小两口的家庭,不去干涉他们的生活琐事。自己有自己的生活。

第二,要学会换位思考。多多站在对方的角度,去理解和包容对方,少些挑剔和抱怨。

和谐的婆媳关系的建立要努力做到以下几点。

(一)求同存异

当婆媳双方都不能体谅对方,包容对方的时候,矛盾和抱怨必不可少,这时候大家都在为争取自己所爱的男人展开激烈的斗争,婆婆希望儿子站在自己这一边替自己说话,教训媳妇。媳妇觉得丈夫应该维护自己的利益,批评婆婆。其实站在中间的男人,既不敢批评自己的妈妈，也不敢得罪自己的老婆。婆婆媳妇都有自己的道理和处世原则，这是彼此之间的差异，但婆婆和媳妇都共同爱着站在中间的男人，这是相同之处，所以就从维护共同的利益出发，大家就会心甘情愿各退一步，因为爱所以爱。当然站在中间的男人也要迅速成长为有责任有担当的人，成为家庭婆媳之间的黏合剂。

(二)不断自我反省

人都有自我中心的一面，真理就像碎了一地的镜子，每个人都坚持认为自己捡到的一块是完整的，这是矛盾和误会存在的根本原因。这需要时时站在他人的角度进行自我反省。这样才会减少对他人的指责和批评，因为每个人发现、审视和接受自己的缺点都是比较困难的，但指责他人却是更为轻松和容易的。

(三)提升交往技巧

人际交往技巧也是一门非常重要的学问，所以即使在家庭内部，也一定不能直来直去，要投其所好，使用好礼貌用语，带着尊重和善意去和婆婆交往，让婆婆觉得自己又"多了个女儿"。但一定不能把婆婆真的当成自己的妈妈，既要亲近，又要有界限。

第三节　贾探春——积极有为的改革家

贾探春在贾府四春元、迎、探、惜四个小姐中排名第三，俗称三丫头。她是庶出，是贾政和妾赵姨娘所生。贾探春在《红楼梦》中的形象不仅外貌俊美，修长的身材，鸭蛋脸，削肩细腰，神采飞扬，按今天的审美标准也是一个标准的美女。贾探春不仅是美女，还是才女，在王熙凤患病期间，她和李纨、薛宝钗主持家务事，大胆改革园林管理机制，让我们看到了一个敢想、敢干、有作为的改革家形象。“才自精明志自高”的贾探春和大观园里众女子一样当失去了家族的保护伞之后，她被迫远嫁异国他乡。贾探春的代表花之一是杏花，诗云：日边红杏倚云栽。苏轼也在诗中提到：花褪残红青杏小。所以贾探春不仅具有杏花的高洁和芬芳，她更是还能花褪去之后还有硕果累累的果实，所以贾探春很有为。杏花就是贾探春人格的代表。贾探春代表花之二是玫瑰，语出贾琏的小厮兴儿口中，他在红楼梦第六十五回说到三姑娘的诨名就叫玫瑰花。贾探春是人见人爱的玫瑰花，玫瑰带刺，但若不受威胁绝不主动攻击，正如贾探春个性。

一、贾探春言语及行为的描写

贾探春住在秋爽斋，屋外种着阔大的芭蕉。贾探春也自称蕉下客。芭蕉的特点是树冠高大直立，叶子翠绿、浓密、叶形阔朗，芭蕉似树非树，似花非花，兼具了南北人的性格特点，豪放中带有细腻。芭蕉在很多文人笔下也是离愁别绪的代表，雨打芭蕉愁更愁，也代表远嫁后探春的心理活动。刘姥姥第二次来到荣国府，在贾母等人的带领下来到贾探春房间，她看到的是：第一，房间的宽敞，三间房屋中间没有任何隔断。第二，大理石大案，案子上摆满了笔墨纸砚和名人法帖。“案上设着大鼎，左边紫檀架上放着一个大观窑的大盘，盘内盛着数十个娇黄玲珑大佛手。右边洋漆架上悬着一个白玉比目磬，旁边挂着小锤。”第三，用水晶球儿制作的白菊，插在了一个汝窑花囊里面。第四，在墙壁的正中央挂着一幅很大的米襄阳画的《烟雨图》，这一大段的房屋内陈设，反映了贾探春的情趣爱好与人格特质。

贾探春个性特点之一：聪明细致，考虑周全。

第四十六回，因为得知儿子贾赦要纳自己身边的大丫头鸳鸯为妾，贾母特别生气，见到王夫人就把气撒在了王夫人身上，恰好贾探春经过，她也是个有心人，觉得这时候别人都不好说话，自己就挺身而出向贾母解释，为王夫人开脱。说：“老太太想一想大伯子要收屋里的人,小婶子如何知道?便知道,也推不知道。”

第五十七回中薛宝钗看到邢岫烟戴着一个玉佩就问她谁给的,邢岫烟就告诉她说是贾探春送给她的,薛宝钗就赞叹贾探春的聪明细致。她可能看见别人都有,怕别人笑话,就给了邢岫烟一个。

贾探春个性特点之二:严谨豁达,积极有为。

作为管理人员,她深知必须要让下面的人尊重自己,年纪轻轻的她只能通过日常行为来让下人有所畏惧,所以作者就描写了贾探春用膳时的一个细节:她把平时陪伴自己的丫鬟留下,其他的众人都一概在外面等候调遣,任何人都不敢擅自进入,这是规矩使然。贾探春在众人面前也是严格要求自己,用膳鸦雀无声,只有静肃。贾探春仅仅吃饭这一细节,估计连贾府的很多男人都自叹不如。不仅仅是用膳时如此,作为手握权力的她,自己让厨房做道菜也要给钱,以身作则。

贾探春做事积极有为,她不是薛宝钗,事不关己高高挂起,她看到其他不合规矩的事,也敢于立即站出来制止。贾迎春懦弱,胆小怕事,她房里的丫鬟婆子对她无所畏惧,经常当着她的面大吵大闹,她从来不去出面制止,把自己当成空气一般。可是贾探春看到了,就不容许丫鬟婆子当着贾迎春的面吵闹,于是她就立刻出面制止:“刚才谁在这里说话?倒像拌嘴似的。”言谈中透露着霸气,有小姐在,丫鬟婆子怎能任着性子胡来,完全不顾及小姐的心理感受呢?担心迎春屋里的人嫌她多管闲事,她告诉下人说姐姐的事就是她的事,说姐姐就是说她,两三句话就让生事的媳妇无话可说。担心她会口服心不服,贾探春还找来平儿继续施压给她。让她彻底不敢再寻衅滋事,迅速地替贾迎春解决了她的烦恼。

贾探春的个性特点之三:不图富贵,清新质朴。

第二十七回中贾探春用攒下的零用钱托宝玉买些“朴而不俗、直而不拙”的玩意儿,就像“柳枝儿编的小篮子,整竹子根儿抠的香盒儿,泥垛的风炉儿”。

王昆仑先生就评价贾探春“不庸俗、不纤细、无脂粉气”。

贾探春个性特点之四：敢于担当。

贾探春勇于担当的个性集中在《红楼梦》第七十四回描写的查抄大观园的过程及众人物的表现。当查抄到了探春房间的时候，探春的表现可谓相当精彩。

第一，准备工作。探春早已接到命令，要检查自己的住所，她就命令众丫鬟剪烛开门等候。

第二，发表声明。自己的东西你们可以随便翻检，但我丫鬟的东西，谁也不能翻。

第三，作出承诺。检查完以后，她让检查的人明确回复“检查完毕”。

这个过程突显了贾探春的坦坦荡荡，光明磊落，勇于维护身边人的尊严，有担当，讲规矩。具有大格局，大视野的贾探春，通过大观园的这次查抄，就想到了刚刚被抄家的甄家，不由得感叹这样的做法其实就是在“自杀自灭”。

检查完毕后，王善保家的狐假虎威，以为去检查小姐的房间就有了脸，得了势。忘记了自己的身份地位，拉起了贾探春的衣襟，动手动脚，这下惹怒了贾探春，她一边骂她狗仗人势，一边扇了她一记响亮的耳光。这一巴掌扇下去，不仅打醒了王善保家的，自此不敢以下犯上，也打醒了众人。同时也发泄着自己内心对于查抄之事的不满，她感觉这样的查抄其实是自杀自灭，内心无比悲凉。贾探春看得透，做得出，但也只能拿不知好歹的王善保家的发泄一下怒气罢了，却无力抗议王夫人的决定。

理是贾探春行事的准则，只要占住了理，一定严惩不贷。《红楼梦》第五十五回平儿在谈到贾探春时就说，只要她占住了理，就连贾母和王夫人都要畏惧她五分。所以王熙凤就劝她身边的婆子丫鬟，一定要尊重贾探春，不能小看她。敢于惹贾探春那就是拿鸡蛋往石头上碰。可见大家对于贾探春的态度其实都是贾探春教会他们的。因为贾探春拿理说事，在理面前没有私情，这样笃定的内心让贾探春仿佛生来就具有一股威仪，像一朵带刺的玫瑰，令人敬畏三分。与王熙凤相比，贾探春多了一些果断和理性，少了一些圆滑和毒辣。

贾探春身上还具有男孩子一样的豪情壮志。《红楼梦》第五十五回中，贾探春就自言：只可惜自己是女儿之身。在重男轻女的社会中，毫无修为而言，如果自己是个男孩子的话，凭自己的才干，早就出去闯荡一番事业出来了。可见贾探春有着自己的宏伟志向和远大梦想，她并不想成为安乐窝里的娇小姐，她有更高的精神追求，她渴望自我价值的实现。

贾探春不仅具有男孩子的豪迈之气，她也极富才情。大观园中留给读者印象最深的就是把酒赋诗，很有意境，也极其欢乐。既有物质的享受也有精神的满足。但给众女儿带来最大欢乐的诗社的发起人却是贾探春，《红楼梦》第三十七回有写道，贾探春突然想召集贾宝玉和众姐妹成立诗社，所以她就一一给大家送上了帖子，谈论诗社的事情，顺便看看大家的反应。贾宝玉接到帖子后，立刻拍手叫好，第一个积极响应。其他众姐妹也纷纷响应。贾探春想到就做，执行力极强，自己做东主办了第一届诗社，并且把具体的诗社规划做了时间上的安排。足可见贾探春的创新思维和组织才能。

《红楼梦》第五十五回说，王熙凤因为带病工作，累到小产了，只能在家养病，大观园的事务暂时没人料理了。这时候王夫人便把管家理事的任务交由李纨、贾探春和薛宝钗三人。贾探春刚刚管家，就遇上了难题，自己的舅舅赵国基死了。这时候其实下人都在盯着看贾探春如何处理此事，当吴新登的媳妇向她们三人来请示，应该给多少钱时，李纨可能想到因为是贾探春的舅舅，照顾到贾探春的面子，就直接提出赏银四十两。贾探春没有同意，立刻责令吴新登家的说出以往的成例，吴新登媳妇推说忘了，请求马上去翻看旧账。贾探春其实心知肚明，这是下人在有意识地试探她们，在挑战她们的权威，于是冷冷回复说：“如果二奶奶在你们也是这样回复办事的吗？如果这样糊涂早就被罢免了管事的权力了。”贾探春的这一席话，让吴新登家的无言以对、满面通红，再也不敢怠慢了。

贾探春在涉及自己的事情上，严谨、认真、不徇私情的处理方式，让爱占便宜的赵姨娘非常不满意，她抱怨手握权力的贾探春不顾及亲情，一点儿也不体恤自己的亲舅舅。贾探春却坚持法大于情，把账本拿给赵姨娘看，以理服人，让赵姨娘无话可说。虽是第一次当家管理事务，贾探春深知贾府有一千只眼睛盯着，在找漏洞。所以她必须公平公正，树立威严，对待自己的亲生母亲都是如此，相信其他人再也不敢欺辱她半分。看似冷血无情的背后是她管理的智慧。

作为管理人员，贾探春大胆改革，开支节源。第五十六回中写道，贾探春理家以后，发现姑娘、丫鬟们的脂粉钱存在很多问题，钱花得很多，买回来的都是劣质产品，大家也都搁置不用，存在很大的浪费，也让中间的买办们钻了空子。所以，她大胆决定把姐妹们每个月用来购买粉脂、头油的二两银子全都给免了，断了那些中间商的好处。第五十六回中还提到，贾探春等人年内去赖大家赴宴，随口和他们家女儿聊起了园子的事情，得知他们家园子因为包了出去，除了满足自家用的花和吃的竹笋鱼虾外，每年还能挣二百两银子。她说那个时候她才知道，一个破荷叶，一个枯草根也都是值钱的。想到自己的园子比赖大家的大一倍还不止，所以她就和李纨、宝钗商量如何在自己的园子里面也推行改革。第一，让有专长的人竞聘上岗。除了满足园子所需，剩余部分归个人所有，可以拿去外面卖钱，不收地租。第二，省去专门请人来打理园子的护理费。第三，有了盈利的人年底也拿出一些小钱给所有人进行分红。贾探春在大观园推行的这项改革，可谓是家庭联产承包制的雏形，但里面有些先进的管理思想今天仍然值得借鉴。

二、贾探春豁达勇敢性格形成原因的心理分析

不同于人见人厌的兄弟贾环，贾探春依靠完善的人格魅力赢得了所有人的尊重，贾探春完善人格的形成，是她在面对自己的

自卑心理时，积极寻找有效的自我超越办法来达成的。在心理学上，一个人对自我评价过低时就会形成自卑心理。自卑会让个体感到心里不舒服，是一种消极的情绪状态。心理学家阿德勒认为，生活中我们每个人都有自己的局限，因此每个人都有自卑感，正是由于自卑感的存在，所以我们才要去改变，努力去寻找自己的优势资源，并充分施展出来，这个过程就叫个体的自我超越。贾探春秉公处事，处处遵循礼法家规，即便是对待自己亲舅舅，也不逾矩徇私。这说明她也在维护自己极强的自尊心，而在这极度自尊的背后，也隐藏着她内心的深深自卑感。她为了摆脱自卑感带来的痛苦体验，便通过努力地秉公做事，来实现自我对于摆脱自卑而进行的自我超越。所以探春在很多方面的做法就是为了超越自卑。

贾探春虽贵为贾府的三小姐，却是庶出而非嫡出，在宗法血亲制度下封建大家庭，这是会被别人轻视、会被人瞧不起的。所以贾探春也在极力回避否认，减轻自己和别人的身份认同。林黛玉的自卑感来源于她寄人篱下的身份不认同有关，相比林黛玉，贾探春的自卑感来源一定是庶出的身世。所以，在贾探春的内心深处，最害怕被人瞧不起，她所有的努力都是为了能够赢得他人的尊重。这突出表现在以下三个方面：第一，和生母保持一定的距离，只能称自己的生母为姨娘。第二，不认生母的亲戚为亲戚。第三，认同王家的亲戚，称王夫人为母亲。第四，严格按照规矩办事，积极有为。第二十七回中，贾探春就当着贾宝玉的面说生母赵姨娘“阴微鄙贱”，对她毫无亲密感。第六十回中，知道自己的生母不靠谱，也担心别人当面说给她听，她就用自嘲的方式对李纨说赵姨娘，做事不成体统，也不叫人尊敬。第六十回中，赵姨娘要给贾环出气，她去找芳官理论为什么用茉莉粉代替蔷薇硝。趁此进园大闹，贾探春听后，责怪母亲：“何苦自己不尊重，大吆小喝失了体统……达不到目的，白白给别人留作笑柄。”一下子点醒了赵姨娘。

第五十五回中，当赵姨娘质问贾探春不顾及亲情脸面时，贾探春说赵姨娘“每每生事，几次寒心”，王夫人让她管理家务，赵姨娘却先来“作践”她。当赵姨娘控诉贾探春六亲不认的时候，探春立刻用宗法制下只能认嫡亲孩子的舅舅为舅舅来反制母亲。在这里，贾探春以舅舅在贾环面前只能以奴才的身份出现，告诉赵姨娘，自己也不能把舅舅当舅舅来对待。

不光如此，贾探春为了获得身份的认同，努力靠近王夫人及王家人。第二十七回中，贾探春就告诉众人，她只认贾政和王夫人两个人，别人我一概不管。《红楼梦》第六十回贾探春就当着赵姨娘的面不断地称赞王夫人的恩情，惹得赵姨娘大骂贾探春的忘恩负义。贾探春不仅处处维护王夫人的利益，更是把王夫人的亲戚真心地当成自己的亲戚来对待。《红楼梦》第二十七回中，贾探春一见贾宝玉便笑道：“宝哥哥，身上可好？”之后还央求贾宝玉为她带些好玩的东西回来。贾探春对于贾宝玉的亲昵远超自己的亲兄弟贾环。

贾探春的所有努力，都是为了摆脱自己的庶出身份，带来的心理上的自卑和生活中的障碍而做的努力。但事实上，她所有的努力在别人心中都是徒劳的，这正如王熙凤所言，三姑娘非常不错，但可惜不是嫡出。

“清明涕送江边望，千里东风一梦遥。”这是贾探春的判词，也是贾探春的归宿，从大观园抄家之日，她就隐隐感受到了家族的悲剧命运，到了后来，贾府果然就像她预感的那样被抄了家。其实，对于像贾探春这样有才情的女子，只有离开当下的环境远嫁异国他乡，才能真正地摆脱身份带来的影响，这样的结局对贾探春来说，不仅是她寻求自由的最好归宿，也是她摆脱自卑的最佳方法。

三、贾探春积极有为性格形成带给我们的启示与思考

人际交往中需要有自信，如果带着自卑与人交往，我们会过高或过低地看待自己和他人。过高会出现自恋，过低会时时刻刻

关注自己的缺点和不足,难以抬起头来,难以培养真正的自信。自信离不开正确地看待自己,培养自尊。自尊有三个层次,第一个层次就是依赖型自尊,关注点完全放在他人身上,非常在意别人的看法。第二个层次是独立型自尊,不去关注外部的评价,而是自己和自己比。只要有进步就值得为自己开心骄傲。第三个层次就是无条件自尊,无论何时何地都能专注而投入到当下的环境中去,自尊层次越高的人就越自信。对自信心的培养要注意以下几点。

(一)学会爱自己

学会爱自己的前提是先了解自己,了解自己的优点,了解自己的缺点,只有这样才能形成正确的自我定位。人之交往,要做到我中有你,因为绝对爱自己会形成过分自恋,绝对爱他人会导致不健康的自卑,不卑不亢,才能培养真正的自信。

(二)不断进行自我完善

人都有缺点和不足,不要深陷缺点里面出不来,要相信自我成长的力量,并不断挖掘自我的潜力,一步步走向自我完善。

(三)练就平常心

遭遇人生逆境的时候,要想做到“进退自如”,就要在平时训练自己多角度看待问题、多种方法解决问题的能力。平常心不是自欺欺人的得过且过,而是要坚定自己的人生目标和对梦想的执着追求,做最好的努力,但也能想到最坏的结果,即便最坏的结果出现了,也能坦然面对,拥有从头再来的勇气和信心。

(四)锻炼果敢力

果敢力意味着在关键时刻,能做到大胆行动,挺身而出,保护自己和身边的人,以免受别人的伤害。果敢力就是敢做敢当,敢做就是该出手就出手，敢当就是做了就不后悔、不抱怨。在西方文化中，果敢性（assertiveness）也是一项优秀的人格品质。在我们的文化中，果敢力更是一种英雄般的品质。自己成为自己的英雄，在实践中去培养，去锻炼，对于属于自己的责任和值得拥有的人或物，就要努力大胆争取，一旦失去也要勇于放弃，不执迷不悟。

第四节 贾迎春——躲在角落的卑微者

贾迎春是贾府中的二小姐，庶出，是荣国府贾赦和他的妾所生的女儿。相比为贾府挣得无限风光、增添富贵和荣誉的贾元春，敢作敢为，有担当，有才干的贾探春，贾迎春在贾府只是占据了二小姐的地位，她的存在是一种悄无声息的，静默的，隐忍的，她如同蜗牛一样蜷缩在自己的世界里。由于她一贯的退缩忍让、沉默寡言懦弱无能的性格，贾府上下都称她为“二木头”。最后也因为她的逆来顺受，活活被折磨而死。

一、贾迎春的言语及行为描写

身处荣华富贵场中的贾迎春，如同白天鹅群中的丑小鸭一般，她没有出众的、令人难忘的相貌与才情，也没有史湘云活泼开朗的个性，更不具备贾探春的勇敢与果断。跟众姐妹相比，贾迎春的形象却显得黯然无光。《红楼梦》第三回中，林黛玉初进贾府，一一见过众姐妹，贾迎春给她留下的印象是“温柔沉默，观之可亲”，见到贾探春留下的印象就是“顾盼神飞，文采精华”。不仅仅是外表的平淡无奇，生活中贾迎春也是处处让人想不起她的存在。她的恬淡、她的隐忍，她在应该像花一样绽放的年纪，却放弃了对自我的坚守，找不到自我的存在感，让自己成为了生活配角。

贾迎春在外人眼中俗称“二木头”，针戳一下也不会哎哟一声。为人处世被动忍让。《红楼梦》第七十三回中，贾迎春的奶妈赌钱输了后，就偷了她的累丝金凤作典当，贾迎春连说也不敢说，这件事被继母邢夫人知道后，则批评贾迎春对下人缺乏管教，面对邢夫人的批评，贾迎春也是低头不语，许久才慢吞吞地说："我说她两次，她不听也无法。况且她是妈妈，只有她说我的，没有我说她的。"可见贾迎春的奶妈根本不把贾迎春放在眼里，因为贾迎春从内心深处就认为自己没有资格去管自己的奶妈，对她是畏惧的。正是因为她的懦弱无能，所以她的奶妈能随意地欺负她，竟不征求她的同意私自偷走她的东西，贾迎春知道后还为她求情，说她可能是拿走后忘记了放回去了，她的贴身丫鬟绣橘都看不下去了她对奶妈的态度，说她的奶妈是看透了她的性子，故意欺负她老实才敢这么做，并建议把她交给王熙凤去处理。迎春忙道："罢，罢！省事些好。东西没了没关系，可是不能惹出事端来。"丫鬟绣橘见她这么软弱怕事，就担心有一天会连贾迎春也被骗了去，当然这是气话。可是接下来，奶妈的儿媳妇为此事来找贾迎春求情，被贾迎春拒绝后，却立马反咬一口，说贾迎春向他们家要了很多东西。在这里作者其实是想提醒读者，人性中都有恶的一面，一旦被人欺负的话，所有的退让、隐忍，在别人那里都会被解读成软弱可欺，增强别人心中的恶，导致别人的得寸进尺。贾迎春明明有理，却为了息事宁人，进行没有原则的妥协退让，结果不仅没有换回对方的良心发现，反而变本加厉的诬陷自己。所以问题出来了，要勇于面对。即便自己解决不了，还可以求助他人，贾迎春自己无能，她也不会求助，即使探春想要为她出头，她也强调自己不去追究，还对贾探春说："如果拿来送还给我，我就要，不送来，我也不要了。太太们问起来能瞒过去是她的造化，要瞒不住，我也没法儿……"贾迎春的这番话，真的是卑微懦弱到了极点，哀其不幸，怒其不争，所以凤姐对她的评价就是："二姑娘不中用。"

对比贾探春对身边丫鬟尊严的维护，贾迎春在丫鬟们遇到危机事件时也是一躲了之。第七十七回中，司棋是贾迎春屋里的大丫鬟，在绣春囊事件之后，王夫人命人搜查大观园大家的住所时，周瑞家的在司棋的箱子里搜出了男人衣物及书信，这在当时的家族规矩中是绝不允许的，所以王夫人要把司棋赶出大观园。当贾迎春知道此事后，只是默默地流泪，毫无办法。司棋向贾迎春求救，贾迎春也无动于衷，毫无主张，还担心司棋的事情如果自己出头去管，可能会把自己也连累了，劝司棋想开些，大家终归是要散的。被逐出园后，母亲不同意她和表哥的亲事，按说司棋可以和表哥一走了之，可是，事情出来后，表哥又不知所踪，司棋便一头撞死在了墙上。

司棋的死她自身的行为是直接诱因，但跟贾迎春毕竟是主仆一场，平时贾迎春遇事退缩，以司棋的个性和处世风格，更多时候可能是她站出来维护贾迎春的利益，但是当她遇到困难时，她朝夕相伴的小姐，没有办法也没有能力能像贾探春那样站出来为自己的丫鬟说话。贾迎春的胆小怕事，使她只能逆来顺受，她的生命力非常微弱，微弱到不能维护自己的财产安全，更不能维护身边人的人格尊严，只求无事就好。当发生矛盾冲突时，既不能保护自己也无力保护他人。

二、贾迎春“懦弱”性格形成的心理分析

贾迎春贵为贾府二小姐，她的“二木头”性格是怎么形成的呢？

第一，遗传原因，贾迎春的妈妈是贾赦的妾，早早就死了。贾赦后娶的邢夫人是迎春名义上的继母，《红楼梦》第七十三回邢夫人在训斥贾迎春时就说：“想当初你的娘是比探春的娘要强数十倍，你本该强过探春才是，谁知却不及探春的一半。”赵姨娘的生存手段就是不顾脸面尊严，撒泼打滚地维护自己的利益，甚至可以为了自己的利益去损害他人的利益。但贾迎春的妈妈可能恰好相反，她事事都遵守祖宗法制，不敢越雷池半步，再加上妾的低微身份，使得她更是沉默寡言，逆来顺受，性格和贾迎春有几分相似。所以贾迎春的“二木头”性格很可能来自母亲的遗传。

第二，贾迎春这种遇事回避的性格也与她的自卑有关。心理学家阿德勒（Adler）认为，自卑是一种复杂的情结，跟童年早期来自身体层面或心理层面的创伤有关，这种创伤体验，会让个体感受到自身无能为力的软弱感，自感不如别人的低劣感等复杂的负面情绪体验。庶出的身份带给贾迎春的自卑远远大于贾探春的，这个自卑感消耗了贾迎春所有的心理能量，她没有多余的生命能量去发展自我的优势部分。

宗法血亲制度下，庶出本身就会带来身份认同的压力，贾迎春是贾赦和他的妾所生，在大家族里完全没有任何地位可言，和贾探春不一样的是贾迎春的母亲早逝，这样她就再也没有人关心她的心理需求，照顾到她的感受，为她争取哪怕丝毫的权利空间。所以但凡她主动为自己去争取权利的话，遭到的可能都是周围人的白眼和斥责，这样就会加重贾迎春的自卑感，慢慢她就学会了安静地活着，不去发声，不去争取，不去惹事，这样可以让自己活得平静些。

成长环境的影响。无论赵姨娘在别人眼里是多么的不堪，但她作为贾探春的妈妈，时时刻刻都对贾探春关心和照顾，也会在心理层面带给贾探春极大的安全感。所以贾探春的人格是健全的。但贾迎春的母亲早早去世了，弱小无助的她一个人默默承受来自别人的欺负，使得她慢慢形成一种自我保护，就是让自己学会隐忍和退缩。母亲的早逝也会让贾迎春极度缺乏安全感，心理学研究表明，童年早期与重要人物亲密关系的培养，与一个人内心的安全感大小紧密相关，童年早期和重要人物尤其是母亲的关系越亲密，那么越会满足一个人的情感依附需求，个体的人格也会越完善。在贾迎春的成长经历中，从小就失去了生母，父亲贾赦荒淫好色，直至吃喝玩乐，内心根本没有关心过这个庶出的女儿，继母邢夫人对贾迎春充满了鄙夷和仇视，她不断地拿贾迎春和贾探春比较，越比较越觉得贾迎春处处丢她的面子。这会加重贾迎春内心的自卑。同父异母的贾琏根本也不会关注这个妹妹，所以贾迎春的世界是孤独的，陪伴她的只有自己和自己的影子。

社会文化因素的影响,与他人比较带来的压力。《红楼梦》第三十七回中写道,贾探春组建了诗社,李纨要求每人都给自己起个雅号,贾迎春却说:“我们又不大会诗,白起个号作什么?”最后她的“菱洲”的雅号还是薛宝钗给起的。诗词不是贾迎春的专长,她不喜欢也不积极主动参与,所以大家就让她做些誊写记录外围工作。与多才多艺的姐妹们比较,才疏学浅的贾迎春也会产生较大的压力,《红楼梦》第十八回中,贾元春省亲,要求大家写诗,贾迎春只写了一首连贾探春都不及的打油诗。第二十二回中,贾元春在元宵节时给大家制作了灯谜,除了贾环和贾迎春二人,众姐妹的灯谜都猜对了,只有她和贾环猜不对。人都是要面子的,贾迎春内心的不甘,不言而喻。在如此重大的场面,贾迎春内心的挫败感可想而知。这都会加重她的自卑感。

由于以上原因,贾迎春情感世界的大门越来越紧闭,个性在自卑感的影响下越来越了无声息。所以大多时候她都蜷缩在自己的世界里,或看看书,或下下棋,抑或顺从地听从姐妹们的安排。她生怕惹是生非,只祈求日子能够得过且过便好,可一味地退让隐忍换不回风平浪静的生活,人善注定会被人欺,贾迎春懦弱的回避型人格,也为她最终的人生悲剧埋下了伏笔。最终被父亲当作抵债的物品,被迫嫁给了“中山狼”。《红楼梦》第五回贾迎春的判词是这样写的:“后面忽见画着个恶狼,追扑一美女,欲啖之意。其书云:

子系中山狼,
得志便猖狂。
金闺花柳质,
一载赴黄粱。”

这首判词已经交代了贾迎春的命运走向,作为抵债她实际被父亲卖给了自己家族得势时可能照顾过的孙绍祖,但孙绍祖品性恶劣,一味好色,酗酒赌博,稍不顺心就拿迎春出气,再加上贾迎春懦弱的性格,使得丈夫越发猖狂,实在不堪忍受,贾迎春就趁回贾府时向王夫人哭诉自己的遭遇,王夫人也只能好言劝慰,别无他法。生命的最后时刻,贾迎春的小小心愿“还得在园里旧房子里住得三五天,死也甘心了”也未能得到满足。很快她就被接了去。如此饱受孙绍组的虐待,贾迎春不到一年就命赴黄泉。可惜贾迎春出生卑微,活得小心翼翼,死得凄惨可怜,如此的一生,令人哀惋。

三、贾迎春悲惨人物命运带给我们的启示与思考

贾迎春的人物命运告诉我们,逆来顺受只会让别人变本加厉,所以面对每一次的人生困境,我们都要争取主动权。在我们的一生当中,面对感情、事业都要积极主动去争取,一味地退步忍让,最终会把自已逼到人生的绝境,逃无可逃。我们可以通过以下四个方面去争取生活的主动权。

(一)学会主动表达

在倡导人格独立自由的今天,主动自我表达自我需求、自我感受是一种生存的智慧和能力。每当我们遇到问题、困难时,只有积极发出自我的声音,才能被人倾听,更好地与别人交流,也更容易获得理解和尊重。如果我们一味地等着别人去猜我们的心思,那么等待我们的可能只剩下失望了。

(二)提升有效沟通能力

人是社会的人,每个人都要通过有效的沟通与他人建立良性的关系。学会有效沟通是个人社会化过程中必备的技能。面对性情各异,不同社会角色,不同时空中交往对象,我们要灵活使用不同的交往方法进行沟通。既要带着真诚、尊重,也要选对时间、地点进行恰当的语言表达才能达成有效的沟通。

(三)摆脱面子困扰

面子很重要,中国人一向讲面子,但面子有时也是自卑的保

护壳，所以适时地摘下面具，直面内心的脆弱和无助，需要非常大的勇气。但一旦摘下来自己才能学会面对真实的自己，也才能激发自我的内在动力。摆脱面子的困扰，用积极的生活状态去主动追求，只有在主动追求的过程中，才能真正克服前怕狼后怕虎患得患失的情绪，才能真正地实现自我超越，获得真正的自由，也才能将主动权交回到自己手中，主动把握自己的人生。

（四）敢于说不

学会表达拒绝是一种能力，也是非常积极的人格品质。唯有学会适时的拒绝，我们才能树立有效的自我边界。边界感的建立，才能真正为自己赢得尊重和理解。如果没有边界，我们的核心自我最终会被他人践踏得破碎不堪。我也将终不再是我。拒接他人的确会带来短暂的难堪，但事关自我的尊严，我们必须毫不犹豫地学会拒绝。拒绝不一定非要严肃认真，我们可以用温和的语气、坚决的态度去表达。学会温和并决绝地拒绝。

第五节 贾惜春——冷漠无情断亲缘

贾惜春是贾府“元、迎、探、惜”四位小姐中最小的一位，不同于贾迎春和贾探春庶出的身份，贾惜春和贾珍是同父同母的兄妹，父亲是修仙练道的贾敬，母亲早亡。因贾母极爱孙女辈分的孩子们，就把贾惜春从宁国府接到了身边，一起抚养。在红楼梦中贾元春的代表花是石榴花，贾迎春如梨花，贾探春是杏花，惜春更像是白色的菊花。贾惜春的寡言少语，的确淡如菊花。可能是受父亲出家的影响，和众姐妹不一样的是，贾惜春从小就对尼姑感兴趣，贾府没落之前，贾惜春便决意削发为尼。“独卧青灯古佛旁”是贾惜春最终的人生走向。贾惜春小小年纪就出家，一定程度上这也是她内心情感冷漠的表现。

一、贾惜春的言语及行为的描写

贾惜春就像她的名字一样，作者对她还有深深的惋惜之情。因为年龄最小，她还未来得及体验繁华美好的岁月，就伴随着贾府的没落而陨落。贾惜春的第一次出场，作者是这样描写的："身量未足，形容尚小。"所以她的生命一开始就是无足轻重的，是弱小的，弱小到可以被忽视。《红楼梦》后面对贾惜春的描写也是若隐若现，一笔带过。虽贵为贾府嫡出的小姐，她没有贾元春那样的光环，却和庶出的贾迎春一般，在众人面前黯然失色。刘姥姥二进荣国府，喜游大观园时看到的贾惜春是一位"别是神仙托生的吧"模样极好的姑娘，可见贾惜春的身上具有一种独立于世的孤介品性。

《红楼梦》关于贾惜春的正面描写是在第四十回，刘姥姥在贾母等人的带领下进到园中，贾母问刘姥姥他们家的园子好不好时，刘姥姥念佛说道，她今天看到的园子，比起家里过年买的画上的景色还要漂亮十倍，所以她想让人画下来，带回家去。这时贾母忙说，贾惜春会画画。第四十一回，李纨就对林黛玉和薛宝钗说，诗社还没起，贾惜春就以要画画为借口，向她请了一年的假。在这两回的描写中可以看出贾惜春的爱好是画画，绘画是一种抽象艺术，说明贾惜春更愿意活在自己想象的世界里。贾惜春不爱集会，不爱热闹，她竟然因为贾母随口的一句话，就趁机请了一年的假来逃避和众姐妹的欢聚。请长假回避，首先可能因为贾惜春年龄小对诗词不感兴趣。另一方面可能是惜春喜欢清静的环境。贾惜春本是宁国府那边的小姐，因为贾母爱热闹，也格外喜欢这些女孩子，就把她要到身边抚养，贾惜春自己心里很清楚自己的身份，她是宁国府那边的人，所以对于荣国府这边的事，她并不是积极主动地参与，而是把自己列为旁观者的身份冷眼观看。越是这样越会加重她内心的冷漠与隔阂。

《红楼梦》第六十三回写道，想成仙的贾敬，因为吞食丹药"烧胀而殁”,这时贾珍父子都去道观料理后事,贾敬去世,对整个家族来说是一件大事,参考秦可卿的葬礼就会知道贾敬的葬礼规模只能更加宏大和烦琐。可是贾敬作为贾惜春的父亲,文本竟没有写到贾惜春的只言片语。可见贾惜春跟父亲毫无父女之情,一方面可能是父亲早早就离家去修道了,没有担负起父亲的教养之责,另一方面就是父亲的个性和她相似,感情很淡漠。贾惜春和哥哥贾珍在文本中也没看到任何交流互动的痕迹,好像这个妹妹就没存在过。尤氏是贾珍的填房,也是贾惜春的嫂子,她经常出入于宁荣两府,但也很少和贾惜春见面。所以贾惜春好像既不属于荣国府,也从没属于过宁国府的没人关心、少人问候的嫡出小姐。

《红楼梦》第七十四回,不同于贾探春剪烛开门等候的沉稳,贾惜春因为年纪小,吓得不轻,还没等人来检查,自己先在自己的大丫鬟如画的箱子中搜了起来。结果却搜出来了哥哥寄放在她这里的“一大包银锞子、一副玉带版子、一包男人的靴袜”等物。入画见此情景,立刻解释这些物品的来源,这些东西原本都是贾珍赏给自己哥哥的。贾惜春非但没有找贾珍核实情况,却冷冷地说她竟不知道。这还了得!还让王熙凤把入画带出去打,当入画求王熙凤时,贾惜春却在旁边说“嫂子别饶他”,颇有一定要对入画严惩不贷,杀一儆百的意思。“嫂子要依他,我也不依!”“或打,或杀,或卖,我一概不管”。相比贾探春对于丫鬟的呵护,贾迎春对于司棋同情的眼泪,贾惜春对于自己丫鬟的处理方式可谓绝情,冷漠到极致,令人寒心。嫂子尤氏前来劝解,贾惜春却立即划清界限,告诉大家自己不连累大家,大家也不要连累她。尤氏评价贾惜春说她是个心冷嘴冷之人。贾惜春道:“怎么我不冷?我如果不冷,早就被你们带坏了。”可见贾惜春要坚决与他人划清关系,既有自己出生地宁国府里面的所有人,也包括自己朝夕相处的丫鬟们。贾探春也说贾惜春是“孤介太过”。

贾惜春的情感世界是冰冷的,她拒绝所有阳光、温暖的事物。她冷冷地看着周围的一切,也以最冷漠的方式对待身边的人。不同于元春众人呵护下的绽放，也不同于贾探春自我努力下主动绽放，更不同于贾迎春隐忍退让式默默存在，贾惜春是拒绝，拒绝让自己绽放。她排斥着人间社会的一切情感连接，最终遁入空门，与青灯为伴。

贾惜春就像来不及绽放就早早凋谢了的花朵，令人叹息，所以作者为她取名为惜春。辜负了生命，辜负了春天。

二、贾惜春冷漠性格形成原因心理分析

贾惜春的情感冷漠与她的家庭成长环境密切相关。由于母亲早逝，缺乏来自母亲的关系、照顾，缺少来自母亲的温暖和呵护。父亲贾敬早已不管家，沉迷于道家，出家专门修仙练道，早已放下一切人间情感，包括贾惜春在内。而兄长贾珍也是整天荒淫无道，搞得宁国府鸡犬不宁。（第二回）这样的哥哥当然没有心思去照顾和过问自己妹妹的事情，贾惜春又与嫂子尤氏极不投缘。所以周围的一切亲情贾惜春都无法和他们建立起情感连接。从没感受到亲情的温情。从小就没有被爱过的孩子，也很难去爱别人。亲情是需要从小培养，在生活的点滴当中潜移默化形成的。贾惜春周围的世界是没有任何温度的，所以长大后她的心也是冷的，即便来到和蔼可亲、开朗风趣的贾母身边，也没能温暖贾惜春那颗冷漠的心。亲人之间的安全依恋模式的建立，对成年后个体的人际关系具有重大影响。成年后个体会不断地复制粘贴亲人之间的互动交流模式到生活中去。

荣国府中贾惜春与居住在大观园中任何姐妹的关系都很冷漠。但她唯独和栊翠庵妙玉的关系比较好，妙玉在众人眼中也是孤僻怪诞，她因为自小体弱多病，于是听从家长的建议皈依佛门，带发修行。所以妙玉依然属于佛门中人，而贾惜春从小就对尼姑感兴趣，所以她会对妙玉有一种天然的亲近感，再加上两个人的性格也都比较孤僻。贾惜春和妙玉惺惺相惜，两人经常一起谈禅下棋。贾惜春年龄尚小，因为对妙玉的身份感兴趣，她会主动接

近妙玉,在和妙玉的相处过程中,她会被妙玉的价值观和行为、言语方式所影响,最终会变成自己的价值认同,内化为自己的处世风格。

所谓“近朱者赤、近墨者黑”,妙玉作为惜春唯一的交往对象,身处佛门的妙玉对贾惜春的出家,起到了一定的推动作用。贾惜春在自己现实的生活中找不到情感的寄托,她索性放弃了自己的情感需求,既然找不到,那我就不要了。所以在与人交往中,她不信任任何人,慢慢地她情感的大门逐渐关闭。表面上看贾惜春是心向佛门,但其实是为了跳出世俗的寻情而不得的烦恼和苦闷。这是她寻求心理慰藉的方式。所以小小年纪的贾惜春所能想到最好的方法就是遁入空门,削发为尼是贾惜春的最终选择。

贾惜春对入画的冷漠,说明她从没有主动寻求对亲情依恋。高鹗续写的《红楼梦》第一百一十五回及一百一十八回中,贾惜春出家到水月庵,她对那里的尼姑“你打量我是什么没主意,恋火坑的人么?”可见贾惜春对于出家的念头由来已久,非常坚定。贾惜春在贾府的大厦还没有完全倾倒之前就出家了,碍于情面,尤氏是不愿意贾惜春出家的,反复劝说无效,贾政知道此事后,也让尤氏劝解劝解,谁知不劝还好,一劝贾惜春更要寻死,还说:“做了女孩儿。终不能在家一辈子的,如今你们最好成全我,就当作我已经死了。”最后贾惜春不惜绝食也要出家。对于出家这件事一方面说明贾惜春的情感已经和这个家族彻底斩断,另一方面其实贾惜春也在用这种方式寻求与父亲的认同。

贾惜春最终斩断红尘,出家为尼。《红楼梦》第七回,曹雪芹已经对惜春的归宿,埋下伏笔了。周瑞家的奉薛姨妈之命给各位小姐们连同王熙凤送宫花。当她走到惜春住处的时候,就看到贾惜春在和尼姑智能儿一起玩,这就看出贾惜春从小就对出家感兴趣,也或者说从小她就受到了家里时常出入的尼姑的影响。看到送来的宫花,她自嘲说:“若剃了头,可把这花儿戴在哪里呢?”以贾惜春拿出家之事来玩笑,看来她对出家的看法与别人不同,一点也不忌讳。或许在贾惜春的基因里面就有种子在萌芽,她与佛门之间有着说不清的缘由。

冷眼看家族的命运转折，家族人情之间的冷漠。父亲贾敬的“榜样力量”都在把贾惜春一步步导向了出家的路上。挣得初春景致，风光无限的贾元春，也不得不面临亲情的割裂，深陷宫廷纷争之中而死。贾探春志向高远，有才气，有谋略，但被迫无奈地远嫁异国他乡，从此天涯两隔。懦弱的贾迎春，被动地忍辱含羞，被折磨而死。三春的变故，也让贾惜春小小心灵了却了对红尘最后的眷恋。在她看来遁入空门，也许是能想到的最好的灵魂解脱，最终的精神依偎。

三、冷漠无情贾惜春性格形成原因带给我们的启示与思考

如何努力活出自我的真感情，成为一个有温度、有情趣的人，避免情感冻结成为一个冷漠无情的人呢？贾惜春用出家的方式，想回避情感缺失带来的内心痛苦，是否得到解脱，我们不清楚。但现实的生活中，贾惜春一直在为维护内心的冰冷无情不停地铸造保护壳，从未在现实真实的情感世界里面去主动争取。她与自己的哥哥和嫂子，从未主动去交流，反而呈现出要与他们彻底隔离，老死不相往来的远离态度。与姐妹们的关系也是能躲就躲，从不主动接近。林黛玉把紫鹃作为自己的知己，紫鹃也成了林黛玉最信任的人，最深的情感寄托。而贾惜春对待自己朝夕相处的丫鬟却是无比冷漠和绝情，相信丫鬟也不能与贾惜春真情相待。贾惜春小小年纪的出家行为，也跟她内心的自卑带来的消极情感体验有关。出家行为也是她对现实做出的无奈放弃与妥协。

那么，在情感世界里，我们应该如何面对消极的情感体验，避免成为一个自私冷漠的人呢？

（一）活出真实自我

生活即教育，教育即生活。生命的任何体验都要到火热的生活中去实践，不经实践检验的生活是没有意义的。我们不要给自

己任何借口去逃避生活给我们的一切,只有勇于面对,我们才能活出真实的自我,也才能避免任何虚无带给我们的虚假自我。

(二)追寻价值多元

情感世界是丰富的,是多元的。我们既然追寻情感世界带给我们的温情与慰藉,我们也可以在情感的支撑和鼓励下变得勇敢、自信。我们还可以在情感的互动过程中学会解决问题的方法,提升自身能力。

(三)主动追求所爱

在人际交往中,因为担心被拒绝,大家很多时候都会采取被动的交往方式,以至于慢慢地彼此之间就变得疏远了,所以不妨让自己变得主动一些,想要拥抱就主动伸出自己的双臂,只有这样才会拥有更多的朋友,也才有机会做出更好的选择。如果一味地被动等待,即便亲情之间也容易产生隔阂。

(四)大胆表白需求

人生在世,我们一定要主动追求自己想要的,即便是遇到挫折,也不要退缩。另外也一定要正视现实,看看自己费力保护的东西究竟是什么,自己真正想要的又是什么。在直面内心需求的时候也需要灵活的处世风格,有时候适当地妥协是为了更好地前进,但一味地妥协就是懦弱,就会让别人得寸进尺,这就不是好事了。

第六节 王熙凤——裙钗一二可齐家

王熙凤是《红楼梦》里面塑造得非常经典的人物形象,作者对她的刻画饱满而又鲜明,她的穿着打扮,她的嬉笑怒骂令读者印象深刻。她的娘家是四大家族的金陵王家,她是贾宝玉的母亲王夫人的亲侄女,嫁到贾府为贾琏之妻,协助王夫人管理荣国府。她长得一双丹凤眼,柳叶眉,体格风骚,引得贾瑞垂涎若渴,引火上身。此外,她性格泼辣,敢想敢做,让贾府的奴仆丫鬟深感敬畏,她精明强干,能说会道,深得贾府长辈的信任,她有极强的沟通表达能力,很讨贾母喜欢。

一、王熙凤言语和行为的描写

《红楼梦》从它诞生的那天起就让人们爱不释手,大家纷纷以抄写传诵的方式表达对它的喜爱,直到今天仍然吸引着很多的专家学者去研究。《红楼梦》能站立在经典小说的宝塔尖上屹立不倒,一方面它是中国传统文化的集大成者,另一方面还在于它对人物的刻画,创造了小说史上一个又一个经典。《红楼梦》的开篇就从中国神话女娲补天讲起,描写了从仙界到尘世的宝黛爱情纠葛,围绕着从梦幻到现实的三十六位金钗,给我们展现了封建贵族家庭真实的生活状态。如果没有作者展现给我们真实贵族的生活场景,我们很难了解真正的贵族形象。

作者站在每一个具体人物的角度,通过对人物的言行举止、音容笑貌的详细刻画,让每一个人物都在自己的位置上说该说的话,做该做的事。阅读《红楼梦》,读者会发现这里面其实没有一个人物是完美的,每个人都有他的优点,也有他的缺点,只是优缺点所占的比重不同而已。所以作者从不以个人善恶好坏去对人物做评判,每一个人物无论从哪个角度去分析,都具有高度的一致性。所以作者笔下的人物都是真实生动,鲜活饱满的。

在作者塑造的众多人物形象中,最令读者记忆深刻的除了贾宝玉、林黛玉,恐怕要数王熙凤了,王熙凤在红学研究中占据很重要的位置,她虽出身豪门,却大字不识一个,但这丝毫不影响她的出众才干。她卓越的语言表达能力让她在擅长诗词歌赋、娴静典雅的众姐妹当中熠熠生辉。曹雪芹塑造的这一人物形象在复杂的人际关系网中具有联通作用,他也把很多的对立、矛盾、冲突集中到了王熙凤身上。最后用“机关算计太聪明”来警告世人。

王熙凤的人物特点体现在以下几个方面。

(一)精心谋划、心狠手辣

王熙凤作为荣国府的管理者,协助王夫人管理家族上上下下几百口人员的吃喝与工作分工,培养和锻炼了她卓越的管理才干。管理过程中王熙凤触碰到了权力,也品尝了权力带给她内心的满足感。为了彰显自己的管理能力和满足自己的私欲,她借助权力以及自己灵活善变的个性,私放高利贷,替人办事从中牟利。在面对威胁自身利益和尊严的事情上,她可以在不撕破脸的情况下,心狠手辣地实施着自己的报复计划。《红楼梦》第十一回,王熙凤因偶然在园中碰到贾瑞,看到贾瑞对自己图谋不轨,心中很是气愤,感觉受到了屈辱,她决定惩治他一番。王熙凤为了惩治贾瑞,就故意邀请贾瑞去找她,她的欲擒故纵一下子就让神魂颠倒的贾瑞上了当。

色壮人胆,贾瑞在色情的引诱下欣然赴约,可他哪里知道王熙凤早早给他设好了局,他一进入指定地点,很快就被看门人关进了穿堂,寒冬腊月的天气里,又加上凛冽的穿堂风。贾瑞生生被冻了一夜,回家还不敢对祖父说实话,只知道棍棒相加的祖父又把他打了一顿,在院子里面继续挨冻读书。受到惩罚的贾瑞不知悔改,继续骚扰王熙凤,这时的王熙凤越发生气,心里暗下决心要置他于死地,所以故意引诱他再次相约,这次王熙凤派了贾蓉、贾蔷去羞辱他,不仅逼迫他写下了欠条,还把早就准备好的尿粪泼了他一身。贾瑞两次被王熙凤戏弄后,受冻生病,但色心依旧不改,加上相思病,很快便死了。

王熙凤不动声色的阴狠毒辣,还表现在威胁她利益的尤二姐之死上。《红楼梦》六十五到六十九回中,眼线颇多的王熙凤很快就发现了贾琏背着她在外面偷娶尤二姐之事,并没有像很多人那样大哭大闹,她反而装作什么也没发生,不动声色地等待时机,当贾琏刚出远门办事情，王熙凤便一通和颜悦色地劝说，提出“喜则同喜，悲则同悲；情似亲妹，和比骨肉”，一番说辞，就让尤二姐放松了所有戒备，被骗进了贾府。王熙凤在把尤二姐骗进贾府之前，已经全面掌握了尤二姐的底细，她曾和张华退过婚，所以就唆使张华按照她编好的内容去告尤二姐，然后王熙凤从中疏通好关系，接着她又告诉贾母，贾琏偷娶尤二姐一事被原来许配的人家告了，贾母听说后直说“刁民难惹”，可她老人家哪里知道这都是王熙凤一手策划的。另一方面她又安排贾琏新娶的妾秋桐，天天对尤二姐指桑骂槐，还在贾母面前告尤二姐。

除此之外王熙凤还在精神上打击尤二姐，坏其名声，结果老太太、太太们都知道了，对尤二姐进行精神上的羞辱。另外，她怂恿贾琏新娶的小妾秋桐对尤二姐指桑骂槐羞辱她。当她得知尤二姐怀孕后，她找了医生使用堕胎药，造成尤二姐的流产，彻底打掉了尤二姐所有的希望，使得她最后无奈地选择了吞金自尽。

从贾瑞和尤二姐的事情上可以看出，王熙凤对于威胁到自身利益的人并没有采取直接正面冲突，她呈现的都是心狠嘴甜，每件事都在不影响自己名声的基础上置对方于死地。兴儿形容王熙凤很到位：“嘴甜心苦，两面三刀；上头一脸笑，脚下使绊子；明是一盆火，暗是一把刀：都占全了。”

(二)八面玲珑，精明能干

王熙凤的精明强干主要体现在她的管理才能上，《红楼梦》第十三回表面上讲的是秦可卿的病逝，贾珍一定要大操大办，可偏巧这时尤氏又病了。偌大的宁国府无人料理，贾珍一个人照顾不过来，这时听从宝玉的建议，到荣国府邀请王熙凤代为管理。贾珍对王熙凤的才能非常了解：“我想了这几日，除了大妹妹再无人了。”说她自小就有杀伐决断本领，如今协助王夫人管家，能力锻炼得更强了。

贾珍说得非常对，王熙凤的管理能力的确更加厉害了，自从来到宁国府，她就以身作则，定下时间制度。很快她就发现宁国府管理的混乱,针对混乱的原因,整理出了一个头绪,那就是各司其职,奖惩分明。这一招果然灵验,彻底改变了以往的投机取巧的做事风格和习惯。王熙凤的精明能干在这两回得到了集中体现,她的雷厉风行,铁腕管理,杀鸡吓猴的管理风格很快就使得一盘散沙的宁国府走向了正轨,下人虽然怀恨在心,却不敢有丝毫违抗。王熙凤无师自通的管理才能得到了淋漓尽致的体现。脂批曰:“写凤姐之珍贵。写凤姐之英气。写凤姐之声势。写凤姐之心机。写凤姐之娇大。”

在封建男权社会中,王熙凤一女流之辈将杂乱的宁国府在短短时间内把人财物连同繁杂的家务事管理得井然有序,可谓是“女强人”。

第十三回末尾作者写下两句诗词“金紫万千谁治国,裙钗一二可齐家。”

王熙凤具有八面玲珑的性格,第三回林黛玉初来贾府看到王熙凤的出场别具一格,在大家都敛声屏气的安静氛围中,王熙凤却是未见其人先闻其声,这样开朗的个性非常符合贾母的品位,所以她也深得贾母的喜欢。接着就是见到林黛玉后,先是夸赞林黛玉长得标致、漂亮,接着拉近贾母和林黛玉的感情说林黛玉长得像老祖宗的亲孙女,然后又照顾到贾母的心理感受,情到深处说着便用帕拭泪,听到贾母的制止后立马转悲为喜说自己“该打,该打”。王熙凤不断察言观色,既要照顾到贾母的感受,又要照顾到林黛玉的心情。她可以短时间内由笑到哭,再由哭到笑,可谓灵活至极。其实王熙凤非常懂得揣摩人心,每个人最在意的都是自己的心情能否被别人感知,王熙凤通过短短几句话,既抚慰了黛玉,又暗合了贾母的心意,一石二鸟。

（三）泼辣狠毒,刁蛮狡诈

王熙凤不仅对于威胁到自己的人,下手狠毒。对于和自己没有利害关系的人,她也丝毫没有任何怜惜之情。第二十九回众人去清虚观打醮,一个小道士没来得及回避,当场撞上了,贾母心疼小道士，劝大家态度好些，别吓坏了他。可是王熙凤上来对小道士抬手就打，开口便骂。第十五、十六回，王熙凤在静虚尼姑的游说下，参与了张金哥案，结果自己得了三千两银子，却导致张金哥和未婚夫双双死亡。这是王熙凤第一次尝到权力带来的好处。从此在金钱的驱使下，她彻底沦为金钱的奴隶，之后她还故意拖延大家的月钱，拿去放高利贷。至此，王熙凤的人格不断地弱化。也应了贾宝玉对于女性的总结，贾宝玉常常挂在嘴边的一句话是：女子未出嫁时是宝珠（光芒四射，人见人爱），一出嫁后便变成了死珠（毫无光彩，徒有其形）到最后便变成了鱼眼睛（有眼无珠，人人嫌恶），凤姐之所以光彩不断失落既是她自身原因——没有读过太多的书，无法进入精神世界寻求立身之本，也跟她所处的时代对女性的束缚有着密切关系，这些作者都在书中有过交代。比如作者透过薛宝钗说出的一句话“凡事拿着学问来做便会做高一层”。暗示王熙凤因为没有读过书，也没什么学问，最后做事难免流入世俗。比如她对金钱无底线的贪恋。

王熙凤人物命运的最终走向在第五回作者已经给出了答案，第一句是“偏从末世来”，作者通过很多细节描写，已经为读者呈现了一个非常具有才干的女性形象，只可惜王熙凤是“末世之才”，没有客观环境可以让她施展才干，她只能在自己的世界里面进行畸形的生长。所以作者紧接着说“都知爱慕此生才”，畸形环境下的能力异化呈现的阴狠毒辣还是不能掩盖她才干的一面。最后“一从二令三人木，哭向金陵事更哀”是王熙凤最终的命运，精明强干的王熙凤伴随着娘家势力的没落，也逃不过夫为妻权的男权社会，事事都要听从贾琏的安排，再到后来贾琏对王熙凤的清算，她不得不逆来顺受。

王熙凤的最终结局离不开她的自作自受。她有着美丽的外表，也有着内心的狠毒，她可以善待刘姥姥，也可以直接操控人命，置他们于死地。她可以独当一面把偌大宁国府治理得井然有序，但却无法阻止贾琏偷鸡摸狗。我们喜欢她粗糙、强悍的性格，也喜欢她强势外面下内心的错愕纠结。这是真实的王熙凤，真实到丝毫不掩盖内心对金钱的贪欲，真实到丝毫不掩饰她内心的醋意，真实到丝毫不掩饰她内心的嫉妒和恨意。

二、王熙凤的性格形成原因心理分析

王熙凤对于尼姑找她办的事，其实一开始她并不想去办，只是听到尼姑说已经告诉人家委托贾府去办了，如果办不成她也只好告诉人家去，王熙凤觉得可是不能丢了贾府的颜面，另外也想显示自己的权力，所以在这样的心理支配下，原本跟她没有任何关系的事情，变成了完全由她主导的两起人命案。王熙凤也不甘心这样去做坏人，她就提出了我办事你出钱的心理诉求，提出自己不差钱，但需要三千两银子去处理这件事。结果一番运作下来，拆散了一对情侣，逼得两人双双自杀身亡，王熙凤独得了三千两银子的好处费。对于一对情侣死在自己手上这件事，王熙凤丝毫没有任何内疚和负罪感，而是沉浸在了做坏事带来金钱回报的乐趣当中。人性都有两面性，在做这些损人不利己的事情的时候，一开始都会受到自己良心的谴责，所以会产生内疚之心，也会担心自己遭报应，所以她会对别人说自己不信因果报应。言为心声，如果真的不在意又何必会想到报应不报应的事情上来呢？这只是为自己不安的良心找个借口，为继续我行我素，找到一种心理的支撑罢了。

王熙凤破坏张金哥的婚事导致其自杀的事情一开始既不涉及自身利益也并不是为了钱，贾琏偷娶尤二姐为妾，尤二姐直接威胁到了她自身的利益，而且是明知山有虎，她却硬要向虎山行。所以在逼死尤二姐这件事上，王熙凤做得阴狠毒辣。王熙凤处理尤二姐的事情有计划，有方法。善于抓住对方的漏洞和缺点（与张华退婚，与贾珍、贾蓉有染），争取人心，以同样是妾的秋桐对付还没能成为妾的尤二姐，两败俱伤之后坐收渔翁之利。缩小打击面，精准到位。王熙凤这一连串的精细谋划，让尤二姐无地自容、百口莫辩。对于直接威胁自身利益，贾瑞事件王熙凤竟然能不动声色地去处理，可以看出王熙凤身上非常理性、决绝的一面。细想起来，这也是王熙凤真正令人害怕的地方。

总之，王熙凤为减少良心的谴责，一方面通过深入细致的调查了解，找到对方的缺点和弱点进行有目的、有针对性地攻击。另一方面也通过自我暗示，增强自我心理的防御。

心理防御机制（Psychological defense mechanism）是自我的一种心理保护机制，是指个体为了避开内心的冲突带来的精神上的痛苦和困扰时而采取的各种方法，常见的防御机制有：否认、退行、合理化、压抑、投射、补偿、压制、升华、利他行为等。这些防御机制里面有积极的比如升华、利他行为，但大部分属于消极的。防御机制是弗洛伊德精神分析的主要观点之一。适度的防御对维护身心健康是有利的，过度的防御就会变成人格缺陷。王熙凤在对张金哥命案中采用的心理防御机制就是否认和合理化，王熙凤女儿生病时，她听从刘姥姥的建议，为巧姐向花神进行祷告，祈求花神的保佑，所以她是相信有神灵可以保佑女儿健康的，但对待张金哥案时，她又说自己不信任何因果报应，所以这是为了去除内心的焦虑，掩盖自己内心真实的想法、维护内心的平衡而采取的手段。但久而久之，为减少良心的谴责和内心的不安，个体的心理防御机制会变得越来越强大，从而会陷入虚假的自我当中，坏事干多了人会变得越来越心安理得，最终在黑暗的自我世界进行自我的毁灭。

所以作者给王熙凤人物定评中写道："聪明反被聪明误。"

王熙凤极其强大的消极的自我防御机制，让她的人格缺陷变得越来越明显，阴狠毒辣的做法，最终换来的是众叛亲离的下场。世间万物都有着千丝万缕的联系，今天种下的仇恨，明天可能在另一个地方呈现它的结果。另外在做恶事情的时候，其实是在不断激发和激活我们内心的负能量，当负能量越来越大的时候，我们就会和周围所有人与事为敌，我们也必将遭到所有人的联合绞杀。这股负能量也必将率先把家庭毁灭。不信因果报应的王熙凤，最终因为自己种下的因，用生命为代价承担了最后的果。

《红楼梦》十二曲收尾《飞鸟各投林》里面写道:“富贵的,金银散尽……有恩的,死里逃生;无情的,分明报应。欠命的,命已还……痴迷的,枉送了性命……好一个食尽鸟投林,落了片白茫茫大地真干净!”这一段人物命运总评里面,对王熙凤的命运结局的暗示更为明显。娘家破落了,自己辛苦积攒的钱财抄没了,自己发善心对待的刘姥姥搭救了自己的女儿,自己欠下的命案也用生命去偿还了。王熙凤为了满足私欲膨胀下的心安理得,练就了超强的防御机制,但也为自己埋下了祸根。

王熙凤性格形成的原因离不开她的家庭成长背景,王家是行伍出身,不重视读书学习,重视习武,所以王熙凤大字不识一个,但她具备杀伐决断的魄力和勇气。当面对威胁到她利益的人时,她的做法非常接近冷兵器时代战场的厮杀,一定要决出个你死我活来。当她面对刘姥姥时,刘姥姥的真情、善良也让王熙凤放下来所有的防御与她真心相处,给她资助还让她为女儿赐名。她对待真诚、善良、自信的邢岫烟,自信、果敢的贾探春内心也都会高看她们一眼。王熙凤很聪明,很有心机,也很会识人。但她最后却在权力和金钱欲望的推动下让自己走上了不归路。而这也跟她不读书识字只能停留在自以为是的狭小世界有关,只有不停地学习,一个人才有可能打开自身的格局。

三、王熙凤的性格和人物命运走向带给我们的启示与思考

《红楼梦》因王熙凤的存在而变得精彩,她的阴狠毒辣让我们想骂她,但看不到她又会想她。她的出现令沉闷的宅院生活变得生动活泼,但也因她的存在让我们胆战心惊。王熙凤无论从心机还是管理才干都可以称得上是女强人,但她的善变和笑里藏刀让人们不敢真心接近,所以王熙凤也有她的烦恼和痛苦,没有人待她是真心的。因为手中大权在握,大家对她是敢怒不敢言,凡是接近她的都想从中捞到些好处,所以王熙凤的情感世界是干涸的。换句话说,她生活得并不幸福。那王熙凤的人物心理分析会

给今天的白领、骨干、精英带来哪些启示呢？

(一)难得糊涂，大智若愚的女人才优雅

作为女人如果太过精明，处处精打细算，明察秋毫，不放过一丝一毫，这样的日子会让自己心累，也会让身边的人感到疲惫。所以大事上拿得起放得下，小事情上难得糊涂。才能给自己给他人喘息的空间，自己轻松，他人愉快，才能收获自己想要的幸福。太过于算计，事事掐尖要强，别人就会过于防备，即使算计得了一时，也算计不了一世。总有吃亏的时候，所以倒不如收敛起那份精打细算，偶尔的"犯下迷糊"，成为一个大智若愚、懂得进退得失的聪明女人，未尝不是一种简单的幸福。

(二)学会示弱，知进退的女人才可爱

今天独生子女家庭中很多孩子，养成了说话随便，以自我为中心，性格强势的特点。在生活中如果把自己的话当成法律去要求他人，那生活必定会让自己寸步难行。所以有时候学会退让一步，吃一点小亏比起强势地去争取效果还要好。适时地进退自如，也会凸显女人柔情似水的一面，会让女人变得更可爱，婚姻中会撒娇的女人命更好。

(三)不极端，温柔善良的女人才有福

很多时候在负性情绪的支配下，做起事情来会比较绝情，总想置对方于死地。但有时做事太过决绝也会把自己逼上绝路。孙子兵法有云：伐谋为上，攻城为下。所以生活中如果能运用自己的智慧，忍得了一时之气，巧妙地化解恩怨，既保留住自己温柔可亲的形象，也解决了矛盾冲突，这是一种更高的人格境界，更好的修养外现，也是一种榜样的力量。

第三章 《红楼梦》的友情世界——红楼梦的友情观

初读《红楼梦》的读者印象最深的要数宝黛爱情，反复阅读之后，会发现《红楼梦》更是给我们揭开了友情的面纱，让我们沉浸其中，品味良多。友情在一个人的生命里面扮演了重要的角色，中华传统文学瑰宝里的很多诗词歌赋也都在歌颂友情。"桃花潭水深千尺，不及汪伦送我情。"浪漫主义诗人李白更是用千尺潭水比喻和汪伦的友情。

《红楼梦》就像是呈现在我们读者面前的友情盛宴。作者通过不同的视角让我们看到了友情的丰富性。

第一种：志同道合式友情

异性之间的友情：《红楼梦》的友情一开始就在贾宝玉和林黛玉的日则同玩，夜则同息的朝夕相处之下慢慢展开，宝黛长大后相恋了，说明异性之间的友情进一步可以转化为爱情。

同性之间的友情：高山流水遇知音。同性之间基于共同的兴趣爱好而慢慢接近对方，又因为相互的理解而达成深刻的友谊。《红楼梦》中史湘云曾对薛宝钗说，如今能得到像薛宝钗这样善解人意、真心帮助自己的姐姐，就算父母双亡了自己也心甘情愿。可见史湘云对薛宝钗的深深信任和依恋。薛宝钗之所以赢得史湘云的友谊，就是她在接触过程中慢慢了解了史湘云的处境，通过互动交流慢慢理解了她，并主动去帮助她。因此也换回了史湘云同样真诚的友情回报。

贾宝玉和柳湘莲、秦钟、蒋玉函之间也是因为趣味相投而惺惺相惜。

第二种：江湖侠气式的友情

《红楼梦》中贾芸想给王熙凤送礼谋求一份差事，就到舅舅的店里去赊些冰片麝香，东西没讨到，结果反遭到舅舅的一番挖苦嘲弄，舅妈连饭也不许吃。正在贾芸为此事烦恼不堪之际，迎头碰上了醉金刚倪二，并把自己的遭遇告诉了倪二，倪二一听大骂他的舅舅不是人，并夸赞贾芸人品好，从来没给他借过钱，当下就把手头的几两银子交给贾芸。倪二对贾芸是雪中送炭式温暖，这段友谊也充满着江湖侠义。还有柳湘莲出手救下路遇强盗的薛蟠，从此和薛蟠也成为了朋友。

第三种：同际堪怜式的友情

《红楼梦》诞生于清代，鲜明的阶级划分，人为的不平等地位，让我们看到了不同际遇下的友情世界。首先贵族小姐们之间的友情：薛宝钗和史湘云、林黛玉她们都是借居贾府，所以共同的身份会让她们三个人越走越近。贾赦要娶贾母身边的丫鬟鸳鸯，鸳鸯很生气就找了同是丫鬟地位相似的平儿和袭人倾诉心中的烦恼，她们两个人也设身处地为鸳鸯进行了心理的安抚。还有贾府买来唱戏的十二个女孩子之间的深刻友谊。林黛玉小性多，心思敏感，大家都不敢拿林黛玉开玩笑，但史湘云从来不顾及这些，但她每次说黛玉，黛玉基本上也都不会发作，这也是因为她们都是孤儿，父母都已离世，但相比湘云，林黛玉的处境要好得多，所以林黛玉并不会和史湘云计较。她们还在一起做了一首诗：“寒塘渡鹤影，冷月葬诗魂。”这首诗也暗含了她们相似的人生命运。

第四种：超越阶层的友情

友情的伟大有时体现在它给人带来的安慰、鼓励、温暖等精神的需求，这些需求是超越社会阶层的。像紫鹃与其说是林黛玉的丫鬟，倒不如说是林黛玉的闺蜜，贾探春对于自己的丫鬟的维护也更像是姐妹之间的友谊。

第一节 紫鹃——呕心沥血好知己

紫鹃是位于《红楼梦》十二又副钗丫鬟中的其中一位，是林黛玉初进贾府时贾母看到林黛玉身边跟来的丫头婆子年龄老的老，小的小，担心她们服侍不到位，就把自己身边一个名唤莺哥的二等使唤丫头给了林黛玉，改名为紫鹃。紫鹃作为林黛玉的贴身丫鬟，虽然出场次数不是很多，但仅次于贾母身边的鸳鸯、宝玉身边的袭人、王熙凤身边的平儿。《红楼梦的重要女性》中却提到紫鹃具有"袭人的柔顺，晴雯的聪慧，鸳鸯的忠心"。紫鹃对于内心敏感、脆弱的林黛玉来说，既是她的使唤丫头，更是她孤独灵魂的陪伴者，是她的好闺蜜。

一、来自紫鹃的好闺蜜般的情感支持

宝黛爱情的缘起是灵河岸边的关心、爱护与灌溉之情，神瑛侍者对于绛珠仙草而言是一种恩情，林黛玉对于贾宝玉的感情基础也是一种恩情。林黛玉离别家乡，来到陌生的贾府，陌生的环境，她的内心是孤独无依的，虽然有贾母的疼爱，但贾母毕竟高高在上。暖男贾宝玉的出现，贾宝玉的真诚，贾宝玉的关心、爱护都给林黛玉带来了莫大的心理安慰。林黛玉也真心地爱着贾宝玉，她对他的所有想法都是无条件地支持。所以更加让贾宝玉愿意亲近她，因为林黛玉是和别人不一样的，她不劝说贾宝玉去追求令他讨厌的仕途经济学问。所以他俩更像是心灵的知己。除了贾宝玉以外，其实还有一个人在林黛玉的情感世界占有很重要的位置，这个人就是紫鹃。如果说林黛玉的心里只有贾宝玉，那么

紫鹃的心中便只有林黛玉，处处为林黛玉着想，为宝黛爱情精心打算。作为丫鬟来说紫鹃对林黛玉的感情其实超过了袭人对贾宝玉的感情，因为紫鹃不仅仅照顾林黛玉的饮食起居，她还能在心理的层面和林黛玉同感共情。

《红楼梦》第八回写道：宝黛二人一同在薛姨妈那里喝茶，林黛玉因为吃了贾宝玉和薛宝钗的醋，心情变得非常不好，恰好丫鬟们担心她冷，就给她把小手炉儿送了过来，林黛玉故意生气地笑问送手炉的雪雁说："谁叫你送来的？难为他费心，哪里就冷死了我！"雪雁不知底细，赶紧回答说："紫鹃姐姐怕姑娘冷，叫我送来的。"可见紫鹃因考虑到林黛玉身体不好，对林黛玉身体的照顾细致入微。其实聪慧的林黛玉心里早就知道手炉是紫鹃派人送过来的，只不过想借此发泄一下心中的不满。

第六十四回，贾宝玉来看林黛玉，见她正在祭奠自己的父母，贾宝玉担心林黛玉的身体，就赶紧劝慰她，林黛玉本身就心里难过，听到贾宝玉的劝解，林黛玉心里感动就忍不住流下眼泪来，恰好紫鹃端茶过来，以为贾宝玉又惹林黛玉生气了，立刻就去批评贾宝玉："姑娘才身上好些，宝二爷又来怄气了"。可见紫鹃也是伶牙俐齿的姑娘，教训起贾宝玉来一点都不客气，她完全不顾贾宝玉的身份和面子。从另一方面也说明她对林黛玉身体的关心，她不允许任何人伤害到她的身体。第七十六回，紫鹃一时看不到林黛玉，就和雪雁找遍了整个园子，终于在栊翠庵妙玉的住处，看到她和湘云在一起联诗，才终于放下心来。紫鹃非常了解林黛玉的性情，就怕她一个人伤心流泪伤害身体。第七十回，大家在一起放风筝，希望能借放飞的风筝带走大家身上的晦气。林黛玉舍不得放走手中的风筝，紫鹃为了让林黛玉的病快点好起来，更想让这只风筝赶紧把林黛玉的病根带走，看到林黛玉的犹豫不决，就走上前一下子帮她铰断了手中的风筝线，紫鹃比林黛玉本人还在意她的病，紫鹃打心眼里期盼林黛玉的病能好起来，能拥有一个健康的身体。

其次，紫鹃不仅关注林黛玉的身体健康希望她能快点好起来,她也很关注她的心理健康,或者说紫鹃非常懂得心理调节对身体健康的好处。林黛玉离开自己的家乡,离开自己熟悉的一草一木,到陌生的环境,陌生的人,陌生的物,都难以让她一下子就适应,再加上她天生敏感细腻的个性、柔弱的身体。所以常常会顾影自怜,悲春伤秋。好端端地就会泪流不止。所以紫鹃也常常地宽慰林黛玉,可是相比林黛玉内心的愁结,紫鹃的安慰也是杯水车薪。从心理学的角度讲,一个人缺少什么,就越会关注和在意什么。林黛玉早年丧母,所以在她内心对于别人的母女互动是格外关注和羡慕的。《红楼梦》第三十五回,宝钗和母亲薛姨妈的感情非常好,她们母女之间的亲密互动被黛玉看到后,黛玉就想起自己的身世来,不由得泪流满面,紫鹃见状,赶紧提醒黛玉该吃药了,以此分散她的注意力,另外也提醒她要爱惜自己的身体。可见紫鹃还很懂得如何转移林黛玉的负面情绪。《红楼梦》第六十七回,薛蟠从外面带了很多礼物给家人,薛宝钗就把哥哥带给自己的送给了大家,林黛玉看见薛宝钗送来的礼物中,有家乡物产,立刻勾起了她对家乡的思念,睹物思人,她又联想起自己的父母、自己的家园,如今只能成为记忆,自己像浮萍一样客居他乡。不觉地再一次流下泪来。紫鹃知道林黛玉的心思,就在一旁安慰林黛玉说:“宝姑娘因为把你看得很重,所以才给你送来了这些东西,有人时刻想着你,原本应该高兴才对,怎么反倒伤起心来。”想起昔日的一切,想起去世的父母,想起过往的美好岁月,现在寄人篱下,终身大事也无人去主张,不要说林黛玉,其实任何一个远离故土的人都会有这样的情绪出来。看到林黛玉伤心,紫鹃也同理到了林黛玉的哀愁就安慰她说:“你看老太太、姑娘们都很关心你,虽远离了故土,但在这里还是有很多人依旧那么爱你,为你担心,为你请大夫治病。”紫鹃一直在提醒黛玉要多看身边好的一面,多认可自己,认可自己是值得被爱的,自己也要多爱自己一些,珍惜自己。不仅自己劝林黛玉不要伤心,见贾宝玉来了,更是连忙把贾宝玉也拉进来一起劝说林黛玉,化解她的思乡愁绪。

再次，紫鹃非常懂得，真正能给林黛玉带来心理安慰的就是她的婚姻。宝黛之间的朦胧情愫，贾母心里很清楚，宝黛爱情她也是默许并暗中支持的。所以她对外人说宝黛二人的折腾不休，是因为两人不是冤家不聚首。紫鹃对于林黛玉的心思再清楚不过，所以对于宝黛爱情她格外用心。在第五十七回中，紫鹃为了替林黛玉验证贾宝玉的感情，就编了个故事说林黛玉要回老家，还让贾宝玉把林黛玉的东西还回来，贾宝玉一听就急了，立刻发起了痴癫病来，贾母和王夫人听说后就急了。痛骂了紫鹃一顿，尤其是不支持宝黛爱情的王夫人，从此可能就记恨上了紫鹃，可见为了成全林黛玉，紫鹃完全不顾自己的安危。得知真相后的贾宝玉立刻就向林黛玉作出了"活着就一起活着；不活着就一起化灰、化烟"的生死承诺。除了试探贾宝玉的感情，紫鹃还给林黛玉出主意，让她去找老太太求助，趁她还健在，先做主定下这门亲事，省得被人捷足先登。明知薛宝钗可能成为林黛玉的竞争对手，但当她听说薛姨妈要给宝黛说亲后，还是开心地去找薛姨妈让她去找贾母说，反倒受到了薛姨妈的一顿嘲笑。由此可见紫鹃为林黛玉的婚姻呕心沥血，比林黛玉还着急。紫鹃也经常替林黛玉说出她的心中所想。第七十回就写道，为了增加两人的感情，减少误会冲突，紫鹃就会把林黛玉的书信传递给贾宝玉，同时也把林黛玉的一片真情传递给了贾宝玉。

紫鹃关心林黛玉的身体、关心林黛玉的心理变化、关注宝黛爱情走向的同时她也敢于指出林黛玉的缺点和问题。这其实已经超越了主仆的界限，更像是以真心朋友的身份相处了。真正的朋友就是敢于直言不讳地指出问题，并帮助一起改正。第二十九回，贾宝玉和林黛玉又发生了误会闹起了别扭，紫鹃就批评林黛玉说，你刚刚吃了药就生气，非常不应该，应该保重自己，不然生病了贾宝玉也会内疚的。这话既体贴了林黛玉，又点出了林黛玉的利他之情，关心自己就是关心贾宝玉。第三十回，宝黛再次发生口角，林黛玉自己也自后悔，但又拉不下来面子，紫鹃揣摩其意后直接说林黛玉太浮躁，宝黛关系的每次冲突贾宝玉占三分过错，林黛玉就占七分过错。林黛玉不服气，紫鹃就说宝玉的脾气原本就是这样，你反倒每次都招惹他，再加上你的小性又多，动不动就歪派他，所以你们的关系才会这么样。紫鹃有理有据地直接指出林黛玉的缺点，林黛玉原本对宝玉的指责就不复存在，反而开始反思自己，所以心里其实已经软了下来。可看见贾宝玉来了，还是硬撑着不让紫鹃开门，紫鹃于是说："姑娘又不是了。这么热天毒日头底下，晒坏了他如何使得呢！"一句话说到了林黛玉的心坎里去了，贾宝玉进来后，两人马上冰释前嫌。

"黛玉还泪，紫鹃啼血"。林黛玉真心对待紫鹃，紫鹃也对林黛玉倾尽了全部的心血。如果说在晴雯身上我们看到林黛玉外在的聪慧灵巧、心高气傲一面的话，紫鹃更是代表林黛玉内在的孤单、忧郁的一面。宝黛爱情中她看到林黛玉越来越孤立无援，而薛宝钗越来越讨喜时就叮嘱林黛玉留神。紫鹃作为林黛玉的陪伴丫头，承载了林黛玉太多的负面情绪，生活在充满哀怨和伤心等负面情绪的人身边，的确不易。她要时时耗用自己太多的正向积极的情绪去化解。"一片热肠，为知己愁"（《红楼梦资料汇编》），"新交情重，不忍效袭人之生；故主深恩，不敢作鸳鸯之死"（《红楼梦赞论》）。

二、紫鹃与林黛玉亲密感情形成原因心理分析

"在大观园的丫头群里，紫鹃是迥异于别人的，仿佛始终把自己闭锁在潇湘馆，替林姑娘厮守着翠竹和鹦鹉，她的性格孤洁而娴静，即使贾母和贾宝玉的屋里，也并不见她的踪迹。然而，对林黛玉她又感情真挚，不只倾心尽力照顾、服侍她，温暖着她病弱的身体和客居的苦情，而且机智果敢地'暗暗筹划着'如何促成宝黛的婚姻，那一副侠骨柔肠，时时溢于言表。"紫鹃的一生先是跟随贾母，因为做事认真可靠，又被贾母安排给了林黛玉。她明白自己的处境，自己本是一个丫鬟，也和林黛玉没有任何血缘关系，贾母把她给了林黛玉，她也就尽好自己丫鬟的本分就够了，但她

偏偏是一个重情的人,看见林黛玉对自己真心好,把自己当成了生命中最重要的人,林黛玉自己无依无靠,除了贾母其他人都未必真心待她,身处异乡,孤立无援。所以紫鹃也用十倍的真情回报林黛玉。主仆之间成就了一段美好的友情。这也是林黛玉短暂人生中的一大幸事。

心理学家赛尔门认为,在一个人人格的成长过程中,友情扮演了重要的作用,从孩童时期以短暂的活动为目的的交往模式,到成年后以相互依恋为目的的主动、自由的交往模式。友情的建立过程中也必然会伴随着怀疑、冲突、嫉妒、信任、亲密,甚至友情的终结,这些经历都会深深地刻画在我们心里。友情贯穿人的一生,友情是情绪的缓解阀,可以一起分享生活中的喜怒哀乐,可以彼此依赖,相互信任,相互关照,友情也需要精心的维护,才能长久。破碎的友情也会对一个人带来伤害。此外,在一个人的社会支持系统里面,友情占有重要的地位,它可以给人带来温暖和光亮,帮助人的内心获得内在的安全感。人生路途中有了友情的陪伴,可以增加心理弹性与韧性,让我们的心理变得更加健康。

林黛玉还没来贾府之前,就曾听当时还在世的母亲给她描述过外祖母家的情况,小小年纪的她就记住了外祖母家的讲究和规矩的不一般,等到她来到贾府之后则是“步步留心,时时在意”,显得非常的焦虑不安。当贾母把身边自己喜欢的紫鹃分派给了林黛玉之后,办事牢靠,心思细腻、勇敢仗义的紫鹃很快就帮助初来乍到的黛玉熟悉了规矩,减轻了内心的焦虑和不安全感。林黛玉对于紫鹃也是非常信任和依赖,融洽、和睦、知心主仆之间关系也让林黛玉在自己的小世界中生活得很自在。紫鹃对林黛玉的姐妹深情,既是为林黛玉做打算,也是为自己做打算,第五十七回中,紫鹃曾对贾宝玉坦言:“我如今心里却愁她倘或要去了,我必要跟了她去的。”所以林黛玉的归宿也直接关系到紫鹃的归宿,所以她希望林黛玉嫁得好,将来自己也可以有个好的归宿。所以她们之间有基于共同利益的情感基础,是彼此依赖的。林黛玉需要紫鹃的理解和抚慰来减少内心的孤单和寂寞,紫鹃也深深地依恋林黛玉,使未来不再迷茫。

紫鹃的存在,也让林黛玉感受到了被需要带来的价值感。著名心理学家马斯洛在著名的需求层次理论中就提到,人在自身的生理需求和自身安全得到满足的情况下就会寻找归属感的需要,需要爱与被爱。人们都希望能被他人看见、期望获得他人的认可与肯定。林黛玉冰雪聪明,心思细腻敏感,能够敏锐地感知贾府上下对待她的态度,寄人篱下的生活本就让她少了许多安全感,增加了几分自卑感,所以对于和贾宝玉的感情,她也在不断地小心试探,不断地怀疑误解。因为太过谨小慎微所以她经常和贾宝玉闹些小矛盾。所以紫鹃对林黛玉依恋和忠心耿耿,不断激发林黛玉内心的自我价值感和自信心,从某种程度上有效缓解了林黛玉内心的自卑感。

最后,紫鹃也是贾宝玉和林黛玉关系的缓冲剂。友谊的重要作用之一就是当人际关系发生冲突的时候,可以起到提醒的作用。宝黛爱情是由友情逐渐过渡到爱情的,因为贾宝玉对待女孩子的特殊态度,因为林黛玉的个性特点,他们之间经历了从好感—萌芽—怀疑—验证—信任的情感历程,从怀疑到验证的过程充满了矛盾和冲突,闹出了许多别扭,紫鹃对林黛玉的批评和劝说,对贾宝玉的指点都起到了很好的调节作用。

心理学研究发现,人际关系中不要害怕和回避冲突,适当的冲突恰好可以给冲突双方提供沟通交流的平台,冲突每一次成功地化解,都可以让彼此关系变得更加紧密。《红楼梦》第六十七回,贾宝玉见林黛玉泪痕满面,便问:"妹妹,又是谁气着你了?"林黛玉因为思念家乡,心情不好,不想说话,紫鹃就替她说,更推动了宝黛之间的融洽,使得两人心灵更加相通。

紫鹃和林黛玉的友情在宝黛冲突的关系中也起到了很好的黏合剂作用。《红楼梦》第二十六回中,贾宝玉对紫鹃说:"把你们的好茶沏碗我喝。"林黛玉说:"别理他。你先给我舀水去罢。"紫鹃说:"他是客,要先沏了茶来再去舀水。"紫鹃的这番言行,既给贾宝玉留足了面子,也化解了双方的尴尬,使得矛盾冲突中两个人的紧张关系得到了缓解。

《红楼梦》学者有评说：林黛玉和紫鹃，就从气质来论，林黛玉更像是兰花，紫鹃更像是腊梅花。兰花雅静脱俗，香气迷人，腊梅傲霜历雪，铁骨铮铮。林黛玉真诚、善良，外表高傲，内心温柔，紫鹃忠心耿耿、豪气细致。"一片热肠""终身不事二主"（陈其泰语），给寄人篱下的林黛玉带来了内心极大的安全感，也成了林黛玉最重要的精神支柱。

三、紫鹃和林黛玉的深刻友情带给我们的启示与思考

人类的感情世界里面除了爱情、亲情就是友情了，爱情是两个人之间稳定而深爱的关系，亲情是基于血缘关系的天然连接，友情是更为宽泛的人与人之间情感的连接，它可以是困难时的雪中送炭，也可以是喜悦时的锦上添花。从古到今，总有些深刻的友谊令人津津乐道。无论是惺惺相惜的高山流水遇知音式的伯牙与子期的友情，还是烽火岁月中以生命相依托的革命友谊。真正的友谊必然要历经岁月的洗礼，经受住残酷的生活检验后才能焕发出最耀眼的光芒。真正的友谊是神圣的、是可敬的。人生得一知己足矣，为了培植真正的友谊，必须要学会化解观念不一致时的冲突，使得友谊之花常开，友情愈久弥深。

（一）学会沟通

朋友在一起久了，难免会有些观点相左，不被理解的时刻，这时候很多人为了避免激化矛盾，但又不想妥协，往往会选择冷战，通过冷战去坚持自己的立场和观点。冷战其实属于一种消极的矛盾处理方法，时间长了会让感情变淡，甚至褪色。所以发生矛盾第一时间要主动去和对方沟通，通过沟通消除误会，达成谅解。

（二）主动争取

人都有自我中心倾向，尤其是发生矛盾的时候，完全听不进

去别人的意见，更谈不上换位思考了。朋友之间，因为不同的成长阅历，在思想观念、待人接物的态度、对人对事的看法和处理方式上必然存在着很大差异，所以和朋友求同存异很重要。有了冲突矛盾不能等着对方来道歉求和，先想想自己有没有问题，争取主动。朋友间需要理解和相互的包容，但更需要矛盾出现后的主动出击，主动示弱。对方也会因为你的态度而更加尊重你，更愿意用你期望的方式化干戈为玉帛，如果因为你的主动示好，主动沟通，对方更加嚣张跋扈，那只能说你交友不慎，正好趁此了断关系，免得给自己带来不快乐。

（三）多自省、多感恩

生活中没有一个人是完美的，所以承认自己的不完美，也允许他人的不完美。少抱怨，多自省。多思考对方曾经对自己的好，多感恩对方。一日三省吾身，避免心理学近因效应对友情的影响和破坏。

第二节 平儿——沟通达人俏丫头

平儿是王熙凤身边的大丫头，陪同王熙凤一起嫁到贾府，是王熙凤的贴身丫鬟，也是贾琏的通房，她的人品、相貌、身份地位在丫鬟当中也首屈一指。她是帮着凤姐儿治理大观园的心腹。

一、平儿的言语和行为的描写

平儿是王熙凤身边的大丫鬟，王熙凤嫁给贾琏后，实际上她还有一个“妾”的名分。在《红楼梦》诸多的丫鬟里面，平儿是着墨最多的一个，她的出场应该是从头到尾贯穿整个作品的。平儿是王熙凤最信任的人，终日陪伴在心机深重、富有才干、精明强势、阴狠毒辣、笑里藏刀的王熙凤与好色的贾琏身边，平儿不但保全了自己,还赢得了众人的夸赞与认可。这一方面离不开平儿自身的人格魅力。她是一位忠厚、善良、宽厚、有爱心、懂分寸、有能力、有温度的人。只有优秀的人格魅力还不足以支撑平儿能在复杂的人际关系中平安生存。而平儿另一方面的魅力,则在于她高超的沟通手段,连姚燮也不禁赞叹:“人谓凤姐险,我谓平儿尤奸,盖凤姐被其笼络也。”面对阴险、泼辣、能干的王熙凤和好色成瘾的贾琏,平儿身处其中却能保全自己,可见她具有超强的人际关系处理能力。

涂瀛在《红楼梦赞论》里称赞“求全人”于《红楼梦》平儿:有色有才又有德者。但这样一位有着“花容玉貌”(刘姥姥语)的“全人”,其处境却不乐观。与大观园中的众丫鬟相比,平儿的处境是非常艰难的,她的主子是有名的泼辣户,醋坛子,她的强势和霸道,其实很难让人靠近。她的才能配上她的猜忌,在她身边能够活下来已经很不容易。但平儿不但活下来,而且还成为了王熙凤的心腹,但平儿分寸拿捏得非常好,虽是心腹却尊卑有别,即便再亲密也不过是主婢的关系。虽说平儿以陪嫁丫鬟的身份,理所当然地成为了贾琏的妾,但平儿深知其中的利害,王熙凤以泼辣得名,被贾母戏称为“凤辣子”,同时也是一个醋缸、醋瓮,绝对不容贾琏在外偷人,对贾琏的风流是“有本事当着爷打个烂羊头似的”(第六十五回)。贾琏和鲍二家的偷情,被王熙凤知道后,鲍二家的选择了自杀。后来贾琏偷娶了尤二姐,王熙凤一步步按照提前设计好的圈套,表面上对尤二姐笑脸相迎,暗地里却从舆论到身体再到精神实施全面打击,整个过程做得滴水不漏,最后尤二姐无奈地选择了吞金自杀(第六十九回)。贾琏贪恋美色,平儿又是他的通房丫鬟,所以他更是时时纠缠平儿,平儿首先顾及王熙凤的感受,也害怕王熙凤的狠毒,所以只能和贾琏周旋。夹缝当中求生存,平儿居然能处理得很好。这是因为平儿深知自己的主子王熙凤不是个好相处之人。第三十九回,平儿也对自己的处境有所透露:王熙凤出嫁时陪同她一起嫁到贾府的一共有四个丫鬟,但是现在只剩下了平儿一个人,其他的要么被赶走,要么死去了。平儿能生存下来，一方面是因为平儿在艰难的环境中，练就了出色的人际关系处理能力。另一方面，平儿之所以能被留在王熙凤身边还是因为王熙凤的个人目的："收在房里，一则显他（王熙凤）贤良，二则又拴爷（贾琏）的心。"其实王熙凤对平儿并非真心的好，《红楼梦》第三十八回，平儿在替王熙凤捉弄鸳鸯的时候，不小心把沾满蟹黄的手抹在了王熙凤的脸上，立刻招来王熙凤的怒骂："死娼妇！吃离了眼了！混抹你娘的！"第四十四回，王熙凤因为贾琏偷情，正在醋意大发，又听到了贾琏背着自己夸赞平儿，于是就抬手扇了平儿几巴掌。可见平儿就是王熙凤的出气筒，可以开口就骂，抬手就打，平儿内心的苦水，只能自己一个人慢慢合着泪水吞咽。王熙凤具有极强的察言观色的能力，但这种能力她只用来对上，而完全不会顾及下人的感受。

作为贾府实际管理人的王熙凤，大权在握。她对下人的严苛和威严是出了名的，所以在丫鬟媳妇心中王熙凤也经常是作为一个"恶人"出现的，平儿作为王熙凤身边的大丫鬟，经常会代表王熙凤去处理一些事情，一方面平儿是奴仆，另一方面平儿又是王熙凤的代表，所以平儿既要维护王熙凤的威严，又要不得罪下人。所以聪明善良的平儿总是竭尽所能地从中调和，让下人感激不尽，也缓和了王熙凤和下人的关系。

二、平儿人际交往中运用的有效沟通方法

平儿，人如其名，具有超强的平衡人际关系的能力。她能有效地化解王熙凤的毒辣、贾琏的好色、丫鬟婆子们的敌视。在作者的笔下，"俏"平儿之所以能平衡好身边的各种关系，尤其是王熙凤和贾琏的关系，主要在于平儿善于沟通，人际关系的处理难就难在很多人不会沟通，下面我们看看平儿主要采用了哪些沟通方法。

（一）理解式沟通

平儿最拿手的莫过于理解式沟通，理解式沟通以相互理解为

出发点,以同感共情为目标,在沟通中语气平缓而坚定,态度和蔼而明确,令对方感觉得到尊重和信任,力求动之以情、晓之以理,并结合对方的利益来加以劝说,令沟通者立于不败之地。王熙凤虽然掌权,却也是难做人,多的是责难她、盼她失势之人,却鲜少有人真替王熙凤着想过。尽管王熙凤也会经常难为平儿,但平儿是真心待她,事事替她考虑周全。《红楼梦》第六十一回中,茯苓膏被偷一事,王熙凤派平儿去调查,发现贾宝玉将所有的事都揽在了自己身上。平儿向王熙凤汇报后,王熙凤并不甘心,还想继续追问事情的真相,王熙凤的办法就是刑讯逼供,不给茶饭,垫着瓷瓦跪在太阳底下,王熙凤这一招的确狠毒,可能在娘家时就见过这样处置下人的办法。平儿听了,立刻设身处地为王熙凤着想,第一,站在王熙凤的角度考虑,她只是一个临时管事的贾赦那边的儿媳妇,最终还要离开。第二,贾宝玉都出面了,继续下去会得罪贾宝玉,会惹老太太、太太不开心。第三,经常出面得罪人会给自己招来怨恨,会影响自己的身体健康。她说:“何苦来操这心!……好容易怀了一个哥儿,到了六七个月还掉了,焉知不是素日操劳太过,气恼伤着的。”平儿一方面站在王熙凤的立场上,让王熙凤觉得平儿的出发点都是为她好。另一方面也让王熙凤得饶人处且饶人,给了贾宝玉面子。同时也达到了自己想要的小事化了的目的。最后还把王熙凤说笑了,道:“随你们罢,没的怄气。”没有王熙凤的插手,此事也就这么平息了。

(二)默契式沟通

王熙凤位高权重,强势霸道,精明能干,平儿能获得王熙凤的认可,一直留在其身边,平儿也具备较强的能力和才干,但仅有才干还不够,平儿一定非常懂得王熙凤的心思,她们之间的沟通是非常默契的,甚至达到了心有灵犀一点通的程度。要达到平儿和王熙凤之间的默契式沟通,那就要在日常生活中学会察言观色尤其是肢体行为,仔细揣摩对方的想法和动机,通过互动和反馈精准地捕捉对方的心思,并给予恰当的行为配合,达到此时无声胜有声的沟通效果。《红楼梦》第七回中,王熙凤第一次见到秦可卿的弟弟秦钟,并没有随身礼物可送,就让跟随的人回去通知平儿把礼物送过来,但并没有说准备什么礼物,平儿这时候就要根据平时对王熙凤的了解,选择合适的礼物。王熙凤嘴里说着:“太简薄些。”但平儿准备的礼物轻重还是非常符合她的心意的。可见她们主仆之间关系的默契。第十六回中,贾琏在场的情况下,旺儿来给王熙凤送放高利贷的利银,这是王熙凤的私房钱并不想让花钱大手大脚的贾琏知道,平儿便替凤姐掩盖实情,告诉贾琏是“姨太太打发了香菱妹子来问我一句话,我已经说了,打发他回去了。”凤姐听了,也打心眼称赞平儿的机灵。上面例子说明平儿非常明白王熙凤心思,也在处处站在她的立场维护她的利益,按照她的想法来办事,深得王熙凤的赏识与认可。

(三)换位思考式沟通

换位思考式沟通指的是沟通过程中能去除自我中心思想,设身处地地站在对方的立场和角度去思考问题,尽最大可能理解对方的所思所行,从而去包容对方。同时也赢得对方的尊重和理解。《红楼梦》第二十一回中,贾琏与多姑娘偷情,平儿在整理家务时发现了多姑娘留下的一绺头发,此时平儿知道贾琏特别担心被王熙凤知道,平儿打趣了贾琏之后,转身对王熙凤说:“我和奶奶都不放心你,就怕你又做什么事,仔细搜了搜,什么也没发现,奶奶要不信可以自己再搜搜。”王熙凤对平儿还是比较信任的,笑笑就过去了,虽然看起来是欺瞒了王熙凤,但当时的封建社会制度,即便王熙凤如此强势,知道了贾琏偷鸡摸狗的事,也只能生一肚子气拉倒,其他什么也做不了,因为女人不能主动提出离婚。所以除了破坏和贾琏的夫妻感情,其他毫无益处。所以平儿一方面替贾琏着想,一方面也在替王熙凤着想,化解了一场夫妻风波。

(四)示弱式沟通

王熙凤一个人掌管着荣国府几百人口的管理工作,再加上繁杂的贵族家庭间的礼尚往来，事无巨细，所以王熙凤很多时候不得不把权力下放给平儿，因此平儿就成了王熙凤的代言人，但平儿对自己的定位非常准确，自己只是一个丫鬟的身份，所以在与其他家族小姐共事时，平儿都是以一种符合身份的示弱的方式与大家沟通。从不直接和大家发生正面冲突，而是投其所好，以退为进，掌握沟通的主动权。第五十五回，因王熙凤小产养病，贾探春、李纨、宝钗代为管理家族事务，她们的管理理念和王熙凤有不一致的地方，这时作为王熙凤的代理人平儿被委派去协助她们，这时平儿完全处在了矛盾的中心位置。看到下人吴新登媳故意欺负贾探春年轻是个姑娘家，就安慰贾探春说这都是下人的不是，惯出来的毛病。接着又告诉贾探春“我们家奶奶尽管本领大，但也有管理不到的，照顾不周的地方。姑娘就看着办增添处理就好”。平儿示弱式的沟通方式，不但给了贾探春台阶，也给了贾探春改革的勇气，同时也维护了王熙凤的形象，达到了自己的目的，连探春也直言“不但没了气，我倒愧了”。

平儿依靠自己的有效沟通能力，取得了大家的信任。第三十九回，李纨就夸平儿能干，说她是王熙凤的左膀右臂，没有仁慈的平儿背后出主意，王熙凤不可能事事都处理得这么周全。可见平儿对王熙凤是无比重要的，放到哪里哪里行。可贵的是平儿还“不使气、不恃宠、不矜才、不忘恩、不辞劳怨”。第六十五回，兴儿对于王熙凤的评价是阴险歹毒，心狠手辣。但对平儿的评价却非常高，说她虽然和王熙凤是一气的，但她经常背着王熙凤做好事。一旦下人们做错了事，断不敢告诉王熙凤知道，求求平儿就会帮他们处理好。比起对于王熙凤的敬畏，平儿的确得到了下人的心悦诚服。

平儿的沟通能力离不开她真诚待人，真诚是通往一切的道路，只有在真诚的基础上才能达成同感共情，才能成为善解人意和高情商的人，并为自己赢得尊重。《红楼梦》第五十二回，贾宝玉屋里的丫头偷了平儿的镯子，平儿知道后自己没有声张也没有上报，第一怕宝玉难堪。第二担心贾母、王夫人知道后会把事情搞大，大家不好收场。第三同为贾府使唤丫鬟的她，深知作为丫鬟的不容易，她同情坠儿，但是不原谅她的做法。所以暗地里让袭人把坠儿打发走了。平儿只是告诉了王熙凤自己的镯子又找到了，贾宝玉也夸赞平儿思虑周到。

平儿作为权力代言人，手握大权但从不滥用权力，也从不以权谋私，反而秉公办事，但又能顾及到他人的感受，她的善良和仁厚深得下人的喜爱。在"玫瑰露""虾须镯"和"茯苓霜"三件事情上，涉及了丫鬟的偷窃，平儿综合各方利益大事化小地进行了处理。

其中"玫瑰露"和"茯苓霜"事件因牵连到了很多人，案情比较复杂，平儿就拉上贾宝玉，不动声色地进行了暗中处理。第六十及六十一回中写道，平儿为了失窃事件，做了很多调查和处理。一方面，她没有在巴结和奉承中草率结案，而是进行了细致的调查，发现这是因为有人想要借此机会赶柳家的出去，所以平儿选择保护了"平白无辜之人"，另一方面，她又告诫了偷东西的彩云，让她下不为例，不然就回二奶奶，这番警戒，既让彩云知道了后果的严重性，又让她打心眼里感谢平儿对她的保护和关照，相信彩云从此看在平儿的面子上也会改过自新。平儿以行权者的身份，展现了自己对下人的宽厚、理解、包容之心，难能可贵。

第六十八及六十九回中，贾琏偷娶了尤二姐，平儿知道这件事后，知道纸里包不住火，王熙凤耳目众多，很快就会传到王熙凤那里。就提前把这事告诉了王熙凤。王熙凤把尤二姐骗到贾府之后，就派人对尤二姐从身体到精神进行折磨。当平儿得知王熙凤不让人好好给尤二姐送饭之后，就瞒着王熙凤自己出钱去给尤二姐做吃的。除此之外，平儿还给尤二姐进行心理抚慰，让她放宽心，好好养病。平儿面对王熙凤的泼辣与狠毒，思及自己的处境，更能体会尤二姐之不易。尤二姐吞金自杀后，王熙凤不给贾琏钱，是平儿偷偷把二百两的碎银子交给贾琏，让他去给尤二姐办丧事。平儿对于身处弱势的尤二姐的同感共情，让我们感受到她内心的善良。

大观园中,懂得相处之道的平儿深受大家的喜欢。第四十四回中贾宝玉赞美平儿是个"极聪明、极清俊的女孩儿"。第五十六回,连一贯稳重的薛宝钗也不禁打笑平儿"我瞧瞧你的牙齿舌头是什么做的"。

平儿极强的沟通手段、多样的沟通方式,人格的完善,心地的善良使她成了各种矛盾间的缓冲器与调节阀。平儿,平其所不平也。

三、平儿为人处世的方法带给我们的启示与思考

人是处于巨大的人际关系网之中的人,家人、亲戚、同事、朋友等,彼此之间交流往来在所难免,有较好的沟通,才能在复杂的关系网中如鱼得水。如现代管理学之父彼德·德鲁克所言:一个人必须知道该说什么,什么时候说,对谁说,怎么说。那么,如何提升沟通能力,沟通的要诀又在何处,怎么才能达成有效的沟通呢?

(一)因地制宜,顾全大局

凡事要想做得妥当无遗憾,就要学会分析利害关系,从大局出发,照顾到各方利益,找到共同目标,采用合适的方法,在小事上面不斤斤计较,学会示弱和以退为进。

(二)真诚待人,因人而异

真诚是有效沟通的前提和保障,但仅仅有真诚还不够。还要因人而异,不同的人有不同的个性特点,有不同的心理需求,有不同的处世风格,所以要从对方习惯、爱好入手,才能达到事半功倍的效果。一般和长辈沟通,要记得把尊重放在第一位,要先顺着他,满足他的心理需求后再表达自己的意见和建议,这样他们更容易听进去。对待同辈,要平等真诚,以礼相待。对待晚辈,友爱关照,细心体贴。

尊重他人才能得到他人的尊重。

(三)因时而异,事半功倍

赶得早,不如赶得巧,同样,处理人际交往中的危机也要选对合适的时机,避免在对方情绪激动的时候去处理问题,而是要先安抚对方情绪。引导对方表达合理的自我需求,然后才能有针对性地给予最适当的回应,这样才能达到事半功倍的效果。找到恰当的沟通机会更多取决于当事者的洞察力和决断力,千万不要火上浇油。

(四)因势而异,灵活变化

随着内在和外在环境的不断变化,沟通方式也要不断调整。对方如果时间观念特别强那就简洁明了,直奔主题。对方委婉含蓄,你也要婉转温柔。对方强势霸道,你要毫不示弱,以理服人。一切的沟通方法都为解决纷争达成目的为最终的结果。

(五)因情而发,同感交流

适当的沟通需要发乎于情,即对对方的遭遇感同身受,与对方同悲喜。冷静的劝解只会让人觉得“站着说话不腰疼”,长篇的安慰只会让人觉得不了解情况而应付了事。所以沟通过程中丰富的肢体语言的识别和运用,都比千言万语更有力。

第三节 史湘云——积极乐观有豪情

史湘云位于《红楼梦》十二钗正册,她性格豪爽,《红楼梦》最美的三幅画面:薛宝钗扑蝶、林黛玉葬花、史湘云醉卧芍药园。她出身于四大家族的金陵史家,豪门贵族小姐。一出生就父母双亡,但她没有林黛玉的悲春伤秋的抑郁人格,而是乐观豁达,娇憨纯真,性格直爽,行为豪放。史湘云的出现,是大观园的一抹亮色,给大家带来了欢乐，带来了热情。

一、史湘云言语及行为描写

《红楼梦》中关于史湘云描写不多，但她的人物形象却令读者印象深刻。《红楼梦》第五回十二曲中的《乐中悲》唱道："襁褓中，父母叹双亡……纵居那绮罗丛，谁知娇养？幸生来，英豪阔大宽宏量，从未将儿女私情略萦心上。"这段曲子写的就是史湘云，一出生父母就没了，虽然生在金陵史家，但因为失去了父母的爱护，其他人就不会再对你娇生惯养，庆幸的是她生来就心量大，不会在儿女情长上面斤斤计较。史湘云不同于众姐妹，她的开场就是"大笑大说"，没有丝毫的小心翼翼和扭捏羞怯，令人豁然开朗。

史湘云天生为人乐观，她看待周围的人与物不像林黛玉那样，一味地关注消极、阴暗的一面。她是凡事都关注积极、阳光的那一面。因此她不会多愁善感，能发现人性的美好，相信人性的美好。第三十七回中，史湘云想要做东宴请大家，可是她发愁自己没有钱，薛宝钗知道了这件事后，就积极地帮她筹划，帮她分忧解难。最后从自己家的店铺里拿来螃蟹，办了螃蟹宴。薛宝钗的雪中送炭，让史湘云感激不尽，逢人就夸薛宝钗的好。她一点也不理会林黛玉的小性子，林黛玉反倒不生史湘云的气。史湘云丝毫不掩饰自己对别人的好，有一次她当面问林黛玉说：如果她能说出薛宝钗的缺点来就服气她，还说薛宝钗与林黛玉平起平坐，甚至还要高过林黛玉，当着林黛玉的面去夸薛宝钗，心直口快，完全不顾及林黛玉的感受。

《红楼梦》第三十二回中史湘云眼中的薛宝钗简直到了"完美"的境地，她崇拜她，尊重她，也非常爱惜她们之间的情谊，在史湘云心中宝钗就是她的亲姐姐。湘云说话咬舌，《红楼梦》第二十回中，林黛玉笑话她"二哥哥"的"二"字的发音不准确，听起来像叫"爱哥哥"。湘云反倒打趣林黛玉让她明天找一个爱咬舌的林姐夫,时时刻刻都能听"爱"去。没人敢打趣林黛玉,唯有史湘云敢这样做。湘云的可爱、淘气、能言善辩跃然纸上。

第二十二回中,大家伙看戏时,王熙凤说其中的一个小旦像一个人,大家立刻明白了王熙凤所指,王熙凤了解林黛玉的脾气,所以她不明说,其他人也都不敢说,可偏偏史湘云心直口快,藏不住话,知道了就马上说"倒像林妹妹的模样",这下捅了马蜂窝,林黛玉不依不饶,大闹了一番才了事。第三十七回中,在贾探春的倡导下,大家成立了一个诗社,却忘记了邀请史湘云,这事要搁在别人身上,一定会默默地生暗气,怪罪他人,可史湘云事后知道了却说:"你们忘了请我,我还要罚你们呢……容我入社,扫地焚香我也情愿。"史湘云的幽默风趣表达了自己的请求,逗得大家非常开心。

史湘云不仅言语幽默风趣,行为也豪放豁达,颇有男孩子的风范。第二十一回,有一段描写史湘云、林黛玉一起睡觉的姿势,史湘云连睡觉都透着男孩子的豪放之气。史湘云平时也爱女扮男装,穿上男装的她也格外英气。第三十一回,史湘云穿上了贾宝玉的衣服,贾母也认为是活脱脱一个贾宝玉。第四十九回史湘云穿着貂鼠面子外罩出来,林黛玉说她看上去像"孙行者",史湘云觉得好玩,还脱掉外罩让人们瞧她里面的装扮,众人都笑她"偏他只爱打扮成个小子的样儿,原比他打扮女儿更俏丽了些。"第六十二回,在大观园给贾宝玉、贾宝琴、贾岫烟、平儿过生日时,大家一起吃酒玩乐,非常开心。众人相聚,吃酒行令,热闹非凡。史湘云喝醉了,随意就倒在一块青石板上睡着了,头上枕着芍药花瓣做的香囊,四面随风散落下来的芍药花飞溅了一身,一群蝴蝶蜜蜂也围在四周。史湘云洒脱不羁的性格颇有名士自风流的韵味。

史湘云的豪爽大气,乐观豁达的性格,给沉闷的高墙大院生活注入了一丝活力,她的纯真、率性也给在人际关系复杂的贾府中,小心翼翼生活的人们带来了一些轻松和愉悦。

二、史湘云积极乐观人格形成的心理分析

人活在这个世界,最终的心理需求是被看见的需求。林黛玉想要在爱情的世界里被贾宝玉看见,王熙凤通过权力的获取让贾府上上下下的人看见,贾探春积极进取,通过能力的展现被大家看到,贾迎春通过安静的被动的处世方式被大家看到,贾惜春通过与亲情的隔绝被大家看到。史湘云凭借积极乐观的性格被大家看见。

所以在满足自己被看见的内心需要的道路上,每个人都走得不容易。史湘云的性格对比她的成长环境来说更是艰难。从小便失去了父母,这是人生的大不幸之一,自小由叔叔婶婶抚养,虽贵为豪门小姐,可事事都要亲力亲为。来到贾府相比林黛玉为贾母的亲外孙女,史湘云也只能算是远亲。每次来贾府也只能短住,因为贾府并没有她的固定住处。在自己的家里史湘云也完全做不得主,没有自己的自由活动时间,每天还要像丫鬟们一样做活儿做到三更半夜,所以每次来贾府的短暂小住过程对她来说就是度假一般,珍惜还来不及,哪有时间去矫情和计较。为了争取和姐妹们相聚的快乐时光,史湘云也曾私下求贾宝玉让贾母不要忘记了她,经常派人接她过来。

史湘云从小就失去爹娘的疼爱,叔叔婶婶也没有善待她,但她依然拥有积极乐观的人格品质。这离不开史湘云的自我认知调整。第七十六回她在安慰黛玉时说道:“我和你的处境一样,都是孤儿,但我和你就不一样了,为什么凡事想不开,要呈现受害者的形象苦自己呢。”

史湘云有真性情,能够直面生活的困顿和不如意,这也是她乐观豁达的性格形成的原因。

积极乐观是一种优秀的人格品质。它可以使个体远离自身阴暗面带来的抑郁、悲伤、自卑、回避等消极情绪,转而去拥抱自己的积极面,让自己变得更加自信、开朗、合群、坚毅,积极乐观的

人在困难和挫折面前，也善于运用成熟的心理防御机制，比如升华和利他行为等。心理学研究结果显示，积极乐观的性格对于一个人事业的成功，身体健康都更有促进作用。

积极乐观的人情商往往也比较高。在生活中遇到问题他们不会一味地抱怨，也不会感到沮丧、焦虑，而是会积极地寻找办法。寻找有效解决问题的办法的过程会提升个人的能力，久而久之，就会形成一种良性的循环，越有办法越有能力，越有能力办法越多，人格也会更加积极乐观，更能够以平常心看待周围的一切，也能用激情来化解人生的离合悲欢。

积极乐观的人格品质带给史湘云乐观豁达，让她可以时时刻刻享受属于自己的快乐。这种性情的形成既有遗传的部分，也有后天来自生活的磨炼。如果说命运对林黛玉不公，那么对待史湘云就更是残酷。但史湘云却在失意和清苦的生活中活出了色彩，活出了乐趣。

史湘云的乐天派使得她格外珍惜身边的拥有，她就像生长在沙漠的植物，耐干旱、耐高温，一丁点儿的雨水灌溉就可以让她的生命恣意绽放。在家里感受不到关爱的她，来到贾府体验到来自贾母的呵护，姊妹们的关爱，温暖友情的滋养，这些都让她感到十分快乐，她也迅速展现出了自己的真性情。史湘云的真情回报以大笑出场，相比王熙凤功利式大笑的出场，史湘云的笑声中承载了更多发自内心的真诚和欢乐。她想用自己的笑声来回馈那些给予她爱与温暖的人。

史湘云的积极乐观不但带给自己更多成长的正能量，她还能影响身边的人，就像她自己所说“得陇望蜀，人之常情”，这山望着那山高，人很多时候会羡慕自己得不到的东西，却忘记了自己正在拥有的，等到失去后方才后悔。无论贫穷还是富贵，健康还是疾病，人生在世谁都有自己不如意的时候，或者说人生各有各的不幸，既然都有不顺心和不幸的时候，为何不尽量活得快乐和洒脱一些，不卑不亢笑看人生呢？

红楼儿女最终的命运都要走向万艳同悲的悲情结局，即便在人生的挫折困苦当中历练成积极乐观性格的史湘云也不例外。史湘云有一个金麒麟,《红楼梦》第三十一回,贾宝玉在道士给他的礼物当中专门挑了一个“雄”麒麟想给史湘云,可是不慎弄丢了后,恰巧被史湘云捡到,史湘云的金麒麟应该是和薛宝钗的金锁一样,预示着姻缘。《红楼梦》一大写作技巧就是善于“千里伏线”,贾宝玉对这个麒麟也是非常重视,他说:“倒是丢了印平常,若丢了这个,我就该死了。”也有红学探佚者认为贾宝玉最后可能跟史湘云一起度过了一段不平凡的岁月,也有考证者说脂砚斋就是史湘云。这一点也只能留作读者的想象了。

脂批在第三十一回透露说:后数十回若兰射圃所佩之麒麟,正此麒麟也。红楼十二曲《乐中悲》中关于史湘云命运的判词也说明史湘云和丈夫卫若兰有过短暂的婚姻,但很快丈夫就去世了。所以这个金麒麟也可能代表史湘云和卫若兰的婚姻。可见,史湘云和卫若兰的婚姻确实美中不足,生离死别。

相信史湘云凭着积极的性格,在面对人生一次又一次挫折时,必然也会柳暗花明又一村。

三、史湘云乐观开朗的性格带给我们的启示与思考

伴随着科技的进步发展,日出而作日落而息的慢节奏生活离人们越来越远,生活节奏越来越快,竞争越来越激烈,工作的压力越来越大,肩上的担子越来越重,这一切都让人感觉身体的疲惫和倦怠,精神的紧张和焦虑,负面的情绪不断积累,简单的欢笑在我们的生活中日渐消失。负面的情绪会阻断我们交往的热情,消灭生活的激情。长此以往必然会影响家庭的和谐,身心的健康,甚至还会进一步成为心理疾病的诱发因素。所以我们要学学史湘云培养自己积极乐观的性格,就要做到以下几点。

(一)要勇于面对现实

当理想与现实落差很大的时候,会让自我产生挫败感,增加

内心的紧张和焦虑。为避免这些负面消极的心理体验带来的痛苦,很多人会通过建立虚假的自我去回避现实的无奈。虚假自我就像面具,会让一个人离真实的自我越来越远。自我是种子的话,真实自我就是土壤。种子只有在真正的土壤里面才能正常生长,长成它应有的模样。所以我们要培养自己正视现实的勇气,只有脚踏实地地去努力,才能最终迎来属于自己的收获。

(二)学会辩证地看待问题

生活是一门学问,像极了太极阴阳图,阴中有阳,阳中有阴。所以我们要学会正确看待生活中的快乐与痛苦,把握适度的情绪管理防止乐极生悲,但更要拥有化悲痛为力量的勇气。尤其是在悲观失望的时候能学会发现身边点滴的积极和美好而不是怨天尤人。生活是一面镜子,你对它笑,它也会报之一笑。辩证地去看待生活中幸与不幸,你站在桥上看风景,看风景的人也正在看你。

(三)要学会合理地管理情绪

要学会管理情绪,首先要正确地看待情绪,每一种情绪都是自身能量的一部分,每一种情绪出来的时候都是对自己的一种提醒,从这个意义上来说,每一种情绪都有积极的意义。但是过于强烈的情绪会影响身心健康,破坏人际关系,所以要通过平时的认知调整不让自己的情绪过于强烈,实在管控不了的时候就要学会通过倾诉、击打抱枕、转移注意力、听音乐,甚至哭泣等方式,及时发泄出去,因为如果一味地压抑会严重影响身体健康。

(四)学会与他人分享快乐

史湘云每一次的出现都给大家带去很多欢乐,因为真心的快乐具有传染性。在人际交往中大家都倾向于和能够给自己带来开心与快乐的人成为朋友,心理学上被称为情感交换论。其次与开朗大气的人在一起也会带给人一种放松和轻松感,这被称为情感体验论。所以能够不断和大家分享快乐的人,也更受大家的喜欢。

(五)学会用幽默化解尴尬

人生难免遇到尴尬的危机时刻,学会使用幽默的方式来化解,不仅可以给他人带来欢笑和乐趣,也可以培养自己的自信心,增加包容度。

第四节　刘姥姥——幽默风趣,知恩图报

《红楼梦》以描写贵族生活为主,刘姥姥的出现拓宽了读者的视野。刘姥姥作为一个乡下的老太太,原本和贾府没有任何瓜葛,但因为刘姥姥的女婿狗儿的父亲和王夫人的父亲攀过亲,所以在狗儿父亲死后,随着家道中落,渐渐地便不再联系了,后来刘姥姥来到女婿家帮衬着过日子时,发现一贫如洗的家里连冬天也挨不过了,就积极地帮助想办法,想到去找现在京城贾府中的王夫人。于是就有了“刘姥姥打秋风”“刘姥姥进大观园”让人津津乐道的话题。相比贵族小姐甚至丫鬟们的博学多才、见多识广,乡下来的刘姥姥没见过世面,显得粗俗、可笑,但就是这样无足轻重的小人物却成为了红学研究历史中的大人物。

刘姥姥第一次进荣国府带着强烈的求生存目的,所以有担心,还有一些拘束和惶恐,穿金戴银的丫鬟差点让她误以为是王熙凤,王熙凤屋里神奇的西洋闹钟吓了她一跳,屋里的金碧辉煌让她不知所措,吃饭的讲究让饿了一天的她,不断地咂口嘬舌。为了能见到真佛求得所需,刘姥姥充分发挥了她人际交往的技巧,在听到王熙凤要给二十两银子的好处时,她开心地恭维王熙凤说:“瘦死的骆驼比马还大呢。您老拔一根寒毛,比我们的腰还壮哩!”话语虽然粗糙,但爱逞英雄、好大喜功的王熙凤听了还是

非常受用。

一、《红楼梦》关于刘姥姥言语和行为的描写

刘姥姥一进荣国府，内心是焦虑不安的，因为她心里有强烈的目的性，她不忍心看着女儿、女婿因为日子过不下去而怄气，也担心全家要挨饿受冻，没办法她带着外孙去贾府打秋风了。担心被拒之门外，她使用了一连串的身体动作小心翼翼地接近看门人，并使用了“太爷”这样的尊称，终于得到了自己想要的信息，然后又通过周瑞家的引荐见到了王熙凤。取得了二十两银子。刘姥姥二进荣国府，心中不再忐忑，因为这次已没有了目的性，相比第一次她轻松了不少、从容了不少，《红楼梦》第三十九回，第二次进荣国府的刘姥姥是为了感恩而去的，在第一次得到的二十两银子的帮助下，再加上自己的谋划和勤劳持家，置办了两亩田地，生活上也有了结余。所以她带着头茬新鲜的瓜果蔬菜送给帮助过自己的贾府尝尝鲜。满满两大袋子的“枣儿、倭瓜并些野菜”，贾府难得看到一滴水的恩惠还有人真诚地来报恩，贾母一开心就接见了刘姥姥，对于王熙凤为取悦贾母安排的取笑与难为情的环节，作为久经世面的老寡妇，不仅没有怯场，反而随口编排些乡野趣闻，逗大家开心，对于自身的尴尬局面，刘姥姥通过自我嘲讽这种幽默的方式给大家带来了极大的欢乐。

幽默，是一种积极的人格品质，英文是“Humour”，意思是幽默、诙谐、滑稽、情绪、心情等，也有顺应、迎合的意思。有人说幽默是苦难人的微笑，有人说幽默是通过自嘲的方式化解生活中的尴尬。大家越来越喜欢有幽默感的人，因为幽默的人更注重生活的品质，解决问题的方式也更加轻松愉快，懂幽默的人能把生活中的理性和感性完美地糅合在一起，以天真有趣的方式呈现出来，令人忍俊不禁，所以幽默也是一种高雅的文化。

幽默常常带来出其不意，令人忍俊不禁的开心与心理的放松。心理学之父弗洛伊德认为：幽默是以一种外在看起来的不协

调,但它战胜了有意识和无意识的恐惧,满足了我们有意识和无意识的愿望。突然的放松感会给我们带来一种解放,这时我们就会笑。幽默不仅可以化解矛盾冲突,缓和人际关系,关键是它还可以给人们带来欢乐。

乡下来的刘姥姥,浑身上下充满着泥土的气息,来到由人工精心雕琢的大观园,这本身就形成了鲜明的对比。置身其中的刘姥姥一方面大开眼界,感觉自己像来到了画中的世界。另一方面她也感到自卑和不安。为了克服内在的情绪困扰,刘姥姥的幽默带有自贬性,所以她直面内在的自卑,通过自我贬低的方式进行自我嘲笑,去化解自己内心的自卑感,同时又逗得大家开怀大笑。第四十回王熙凤、李纨为了取笑刘姥姥,准备了各色的菊花,并横三竖四地给刘姥姥插了满头。人都是有尊严的,大庭广众之下,一个七八十岁的老太太被这样取乐,的确有些难堪,脸面上过不去,会觉得很丢人现眼。但刘姥姥却顺势说道:"我这头也不知修了什么福,今儿这样体面起来。"当大家笑着让她赶紧拔下来时,她继续幽默地笑说:"自己年轻时就喜欢花,今儿彻底满足了年轻时的愿望,成了老风流。"刘姥姥明知这是王熙凤的恶作剧,她只能顺势而为,自己化解这不舒服的尴尬局面,刘姥姥用"体面"化解内心"丢脸的想法",用"老风流"来化解内心觉得"失态"的心理感受。这既抚平了内心的消极心理体验,也迎合了贾母等众人的心理需求。

王熙凤和鸳鸯趁着大家吃饭的时机,继续捉弄刘姥姥,先给了刘姥姥一双镶金的象牙筷子。刘姥姥就用自己熟悉的铁锨来比喻这个筷子的重量,说它比平时干农活用的铁锨还重,还不好用。逗得大家哈哈大笑,接着刘姥姥按照王熙凤的授意说自己食量大如牛,一边说还一边配合着动作,这下大家更乐了。看到鸽子蛋,刘姥姥幽默地说:"这里的鸡儿也俊,下的这蛋也小巧。"众人更是大笑不禁。其实刘姥姥久居乡下,怎么会不知道是鸽子蛋,但她故作不知,使用诙谐幽默的语言哄众人开心。刘姥姥结合自身的特点,故意使用村言俗语,机智幽默地化解自身尴尬的同时,也让大观园的众女儿们呈现出了千姿百态的笑,这样酣畅淋漓的笑或许是她们一生当中难得的唯一一次。从这个角度上来说,刘姥姥就是她们的快乐天使,与其说是她们想看刘姥姥的笑话,不如说刘姥姥恰巧看到了她们的笑话。

第四十回,大家一起玩行酒令,刘姥姥不想大家扫兴,也积极参与其中,笑道:“我们庄家人,不过是现成的本色,众位别笑。”她用“一个萝卜一头蒜、花儿谢了结个大倭瓜”等她熟知的乡野知识完成了和鸳鸯的对答,粗俗的大白话在文绉绉的行酒令里面显得滑稽好玩,雅俗共赏,又一次逗乐了大家。刘姥姥在吃王熙凤喂的茄子的时候,因为吃不出味道,不知道是什么制作的,王熙凤在给她介绍茄子做法的时候,乡下来的刘姥姥这次真的是瞠目结舌,富贵家庭的饮食也让我们跟着大开了眼界。刘姥姥看似粗俗的外表下掩盖着一个强大的内心,她勇敢、幽默、乐观、真诚。她的出现满足了众人的虚荣心,也带给大家一次卸下伪装的机会,所以大家也都体验了一把从未有过的轻松和愉快。

刘姥姥二进大观园,她带来的时令瓜果蔬菜,和她本身的幽默、机智给这个人人都戴着一张面具生活的大观园众人,带来了泥土的气息,泥土的温暖,泥土般的滋养。所以作者说刘姥姥是一个来自草芥之微的小人物,但这可能是反语,恰好在作者心中这样真正的自食其力,脚踏实地生活的人可能才是他心中的大人物吧。

二、刘姥姥的幽默带来的好处

随着经济的发展,物质需求不再是人们主要的生活需求,精神生活的满足变成人们更为迫切的需求,幽默感对于自身心理的调节,精神的抚慰都是非常好的良药。中国普遍缺乏幽默感,这是因为受儒家文化的影响,千百年来中国人普遍重视礼节,但有时候又把握不好这个度,在有些看起来家教比较严格的家庭就会形成“不苟言笑”“正襟危坐”“道貌岸然”等对于礼节的刻板理解和遵守，就会扼杀对于幽默感的培养。今天我们可以重新审视和追求幽默感。

首先，幽默对于消极情绪的抚平，可以让人拥有健康的身体。刘姥姥二进大观园已经七十几岁了，在人均寿命比较短的清朝，刘姥姥算是长寿了，在古代交通不便的条件下，她和外孙子徒步很远的路才能来到贾府。身体可以说很健康了。一来得益于她经常干农活，另一方面可能就与她幽默乐观的性格特点有关。《红楼梦》第四十回，刘姥姥在布满苔藓的羊肠小道上一不留神，摔了个人仰马翻，但是她不等别人的搀扶，一骨碌就站了起来，这在富贵人家娇生惯养的小姐太太们简直不可想象。刘姥姥也说了自己天天下地干活，哪天不摔几个跟斗跌几次跤。所以长期的劳动生产加上乐观的性格使得刘姥姥身板格外硬朗。不要说七十几岁的老太太，就是年轻人这么一摔可能都不会那么快爬起来，不用搀扶就站了起来。但刘姥姥的身体可谓真的壮实，非但自己站了起来，还不忘自嘲一番。幽默不仅可以使别人发笑，也可以逗乐自己。大量的研究表明，笑可以促进血液循环，保护心脏，是治疗心肌梗死的良药，笑还可以提高人体免疫力，促进消化，改善睡眠，是癌症的克星。俗话说笑一笑十年少，说明笑还可以美容。

其次，幽默对于缓和人际冲突，提升交往能力大有益处。因为幽默的本质是爱，是对一切存在事物的热忱和同情。刘姥姥非常清楚王熙凤和鸳鸯安排的恶作剧，无非是为了逗老太太开心，既然自己的行为可以为他人的生活带去欢乐，自己也算是有价值的。所以刘姥姥就像个喜剧演员，完美地演绎了自己当下扮演的角色，全情投入，认真扮演。刘姥姥顺从地接受了王熙凤的“恶作剧”，因为她理解她们的不容易——太想讨好贾母，她也想凭借自己的能力达成她们的心愿。赢得了大家尊重的刘姥姥，也获得了大家的真诚回报，载着大家送的礼物，开心地离开了贾府。

最后，幽默对于激发个人的创造力作用明显。因为幽默可以使人多视角看待问题，可以看到事物的另一面，所以具有幽默感还能极大地激发一个人的创新能力。第四十回刘姥姥见大家喜欢她讲的故事，就随口编了一些娱乐众人。大家听得着迷觉得比说书先生讲得还好。不巧的是当刘姥姥讲到火时，贾府恰好着火了。刘姥姥很聪明知道贾府家大业大最担心的就是失火，可巧自己刚说到火就着火了，所以她马上换了个大家爱听的。就将老太太的身边事，编成自己乡下的故事，说这家人本该只有一个儿子，因为老太太吃斋念佛，佛祖就保佑她生了两个儿子，老太太有个孙子早早就死了，本该绝后，可是又是因为信奉观音菩萨，又赐给了她一个孙子。刘姥姥的这个故事中的主人公其实就是贾母和她的孙子贾宝玉，又因为知道王夫人是吃斋念佛的人，所以就扯上了神佛，死去的那个孙子就是贾珠，刘姥姥这故事编得可谓妙绝，虽然是信手拈来的，但她用讲故事的方式治愈了王夫人和贾母因贾珠去世造成的心理创伤，让她们不再因贾珠的去世而内疚和自责，认为贾珠的去世是命该如此，但因为自己的原因，自己的努力，自己的吃斋念佛才有了贾宝玉。刘姥姥迎合大家的口味编的这个故事，就为了安慰贾母和王夫人，使她们听了宽心，也就是一种心理安慰。

一本《红楼梦》，一首“好了歌”，道尽了人生的无奈，痛苦的根源。《红楼梦》里无论是达官显贵，还是贫穷落魄，每个人都有每个人的难处。一大把年纪的刘姥姥还要为生计而奔波，但身体却出奇地硬朗，享尽荣华富贵的贾母，面对即将要倾倒的大厦，也有难言的酸楚，只能用得过且过来麻痹自己。所以勇于面对真实的生活，用智慧化解人生的一次次难题，用幽默化解人生的一次次尴尬，永远用一颗赤子之心去爱人，爱生活，生活也必将回报我们以幸福。

三、幽默风趣刘姥姥语言风格带给我们的启示与思考

幽默作为一种优秀的人格品质，越来越被大家欣赏和喜爱。当今女性面临来自家庭和社会的双重压力，内心很容易产生很多消极情绪，如何有效化解这些消极的情绪，保持自身愉快的心情，

营造温馨的家庭氛围呢?

(一)正视幽默

很多女性可能还误以为幽默是男人们的事情,其实幽默不分性别,掌握了幽默就掌握了人生的主动权。幽默带来的大度、乐观、欢笑,是一个家庭的润滑剂,也是孩子们健康成长的有利保证,懂幽默的妈妈才能培养出高情商的孩子。幽默也是智慧解决冲突的有效方法。

(二)学习幽默

幽默不能张口就来,它需要不断地学习,认真地琢磨,慢慢地积累。幽默是一门学问,它里面有很多的技巧,需要结合生活实际来开展。可以多看看有关方面的书籍,也可以和善用幽默的人成为朋友,通过模仿来学习。

(三)鉴赏幽默

幽默需要品鉴,不能把身边那些粗俗的低级笑话当成是幽默。幽默是一种高级的智慧活动。

(四)学会幽默

在正确认识幽默、学习幽默、鉴赏幽默的基础上,也要在生活中,尝试使用幽默化解心理的危机,懂得在合适的地点,把握好恰当的分寸灵活运用。

参考文献

[1] 曹雪芹．脂砚斋重评石头记 [M]. 北京：中国言实出版社，2015.

[2] 曹雪芹，高鹗．红楼梦（程乙本）[M]. 北京：作家出版社，2003.

[3] 周昌汝．红楼十二层 [M]. 太原：书海出版社，2005.

[4] 俞平伯．红楼梦辨 [M]. 北京：人民文学出版社，2006.

[5] 张爱玲．红楼梦魇 [M]. 北京：北京十月文艺出版社，2009.

[6] 周昌汝．红楼小讲 [M]. 北京：北京出版社，2009.

[7] 梁归智．红楼梦探佚 [M]. 北京：北京师范大学出版社，2010.

[8] 寇秀兰．微观红楼 [M]. 北京：中国人民大学出版社，2009.

[9] 刘果．冯梦龙性别观念考察 [N]. 武汉：武汉大学学报，2008.

[10] 武君蔚．红楼梦之"情"本思想研究 [D]. 兰州大学硕士论文，2011.

[11]《台大公开课——红楼梦人物导读》，http：//www.docin.com/p-1829017112.html，2019.

[12] 梅向东．情：多形态爱欲模式的复归——《红楼梦》文化哲学思想探讨 [J]. 红楼梦学刊，1997.

[13] 网络《红楼梦的爱情观——历历在新》，http：//blog.sina.com.cn/s/blog_6210c3e20102vfl6.html，网络，2019.

[14] 欧丽娟,《台大公开课欧丽娟红楼梦讲义》, https://max.book118.com/html/2019/0114/7061115151002001,2019.

[15] 施伟萍 . 至清至洁,至情至性——品《林黛玉进贾府》[J]. 名作欣赏,2012.

[16] 段江丽 . 从明清小说看传统家庭生活的阶层性特征 [J]. 中国文化研究,2005.

[17] 倪旭东; 唐文佳 . 生命意义的缺失与追寻 [J]. 心理学探新,2018.

[18] 卡尔·荣格 . 精神分析与心灵治疗 [M]. 北京: 中国法制出版社,2018.

[19] 阿尔弗雷德·阿德勒 . 自卑与超越 [M]. 北京: 中国友谊出版社,2018.

[20] 马丁·本-塞利格曼 . 持续的幸福 [M]. 杭州: 浙江人民出版社,2012.

[21] 马丁·本-塞利格曼 . 真实的幸福 [M]. 辽宁: 北方联合出版传媒(集团)股份有限公司万卷出版公司,2010.

[21] 爱利克·埃里克森 . 童年与社会 [M]. 北京: 世界图书出版公司,2018.

[22] 白落梅 . 花开半季,情暖三生 [M]. 北京: 北京联合出版公司,2012.

[23] 周国平 . 各自的朝圣路 [M]. 杭州: 浙江文艺出版社,2013.

[24] 武志红 . 感谢不完美的自己 [M]. 北京: 中国华侨出版社,2014.

[25]June Singer. 荣格心理学的实践 [M]. 北京: 中国轻工业出版社,2019.

[26] 房龙 . 宽容 [M]. 北京: 北京出版集团公司,2011.

[27] 费孝通 . 脚步是文化的刻度 [M]. 北京: 北京联合出版公司,2018.

[28] 潘菽 . 中国古代心理学思想 [M]. 北京：北京出版集团公司，2018.

[29] 罗西 . 每天变好一点点 通往幸福的五个阶梯 [M]. 北京：中国画报出版社，2010.

[30] 孙隆基 . 中国文化的深层结构 [M]. 桂林：广西师范大学出版社，2011.

[31] 武志红 . 为何越爱越孤独 [M]. 北京：中国华侨出版社，2018.

[32] 李希凡，《红楼梦艺术世界》，文化艺术出版社，1997.

后 记

浮生着甚苦奔忙。活着不易,这一生我们都在努力地活着,可是很多时候我们都忘记了问问自己努力活着的目的是什么?究竟为谁而活?又该如何活着?《红楼梦》作为充满悲剧色彩、充满幻灭哲学思想的文学作品,一直在警醒世人要思考的是:未知生,焉知死,以及未知死,焉知生,充满了哲学的辩证思考。

贾宝玉活着的意义就是希望自己能够和自己所爱的人在一起。所以对“情”的追寻是贾宝玉人生价值的体现,在面对心爱的人一个个离去之后,在死亡面前贾宝玉无法做到无动于衷,所以离开了情的贾宝玉最后万念俱灰选择了出家。

作者意识到“好了”的必然性后,所要探索和思考的就是如何面对人类局限性所带来的离合悲欢,生死困顿。作者也尝试借用心中的大观园来打造人间净土,可终究还是被查抄了。

《红楼梦》在儒释道中间来回穿梭,正如其初名为《石头记》,从原始之石蜕变为红尘之玉,再回归为神界之石。人从出生之时的天然无为,以及真实、真诚岂不正是原初的“石头”。然而人慢慢长大后便开始有了各种欲望的满足,陷入了对幻象的执着追求当中,变成了人间之“玉”,最后将要离开人间,生命将逝的时候,会带着情慢慢地离开,以情悟道又寓道于情。

附:《爱》——罗伊·克里夫特

我爱你
不光因为你的样子
还因为
和你在一起时
我的样子
我爱你
不光因为你为我而做的事
还因为
为了你
我能做成的事
我爱你
因为你能唤出
我最真的那部分
我爱你
因为你穿越我心灵的旷野
如同阳光穿透水晶般容易
我的傻气
我的弱点
在你的目光里几乎不存在
而我心里最美丽的地方
却被你的光芒照得通亮
别人都不曾费心走那么远

别人都觉得寻找太麻烦
所以没人发现过我的美丽
所以没人到过这里